LUZ MEDITERRÂNEA
E OUTROS POEMAS

RAUL DE LEONI

LUZ MEDITERRÂNEA
E OUTROS POEMAS

Organização, Introdução e Notas
PEDRO LYRA

TOPBOOKS

Composição e fotolitos
Art Line Produções Gráficas Ltda.

Revisão técnica
P. Lyra

Capa
Victor Burton

Rua Visconde de Inhaúma, 58 / gr. 203 — Rio de Janeiro — RJ
CEP 20091-000 Tel.: (021) 233-8718 e 283-1039
topbooks@topbooks.com.br

Impresso no Brasil

Sumário

POEMAS INACABADOS

POEMAS AVULSOS

EUGENIA

APÊNDICE

Elegia para Raul de Leoni em Trieste

Ribeiro Couto

Entardece. Entre o mar e os Alpes Julianos,
Pelas encostas os arrabaldes do porto
São o fundo rural dos telhados urbanos.
Porque te sinto aqui, Raul?
Porque dentro de mim estás ágil e vivo?
Eu sei. Além do cais começa a "curva azul
De um golfo pensativo",
Como sonhavas tu na "Ode a um poeta morto".

Ó conversas de dois amigos de vinte anos,
Noites inteiras, até a hora em que amanhece,
Nós por Petrópolis friorenta e adormecida
A dizer versos em voz alta, a fazer planos,
Viagens futuras, capitais européias — a vida,
À vida com a mão repleta de presentes,
A vida toda para vivermos, oferecida
Aos nossos olhos incontentáveis de adolescentes!
(Numa praça pequenina
— Raul, te lebras dela? —
Alguém ouvia, na neblina.
Era Fagundes Varela.)

Saudosa cidade de serra acima,
Com seus chalés do tempo do Imperador,
Os salgueiros-chorões, o silêncio, o bom clima
(Precisávamos dele) e o rio entre hortênsias em flor.
Nossa infância, porém, foi mar — praias felizes,
Tu da de Icaraí, eu da de Guarujá —
E amávamos de amor nunca vistos países
Que estão sempre a chamar, querem que a gente vá.

Caiu a noite sobre Trieste.
Acenderam-se ao longe os fogos da montanha.
Já de barcos de pesca o golfo se ilumina.
Sinto-me só no cais.
Não, Raul, não vieste,
Nem aqui te verei jamais.

Mas estás vivo lá, junto do Piabanha.
Como outrora, passas as noites ao relento.
Os teus olhos andam perdidos na neblina
E o murmúrio do rio é tua voz no vento.

Agradecemos a Élvia Bezerra, autora de *A trinca do Curvelo* (Rio, Topbooks, 1996) a evocação desta homenagem a Raul de Leoni feita por Ribeiro Couto em *Longe* (Lisboa. Livros do Brasil, 1961, p. 86).

Nota sobre as edições e o texto

AS EDIÇÕES

Ode a um poeta morto

A) Rio, Jacinto Ribeiro dos Santos Ed., 1919. 20p. Volume de 14x12cm., capa rosa (informação de Luiz Santa Cruz — v. Bibliografia). Incorporado a *Luz mediterrânea*, a partir da 2ª edição.

Luz mediterrânea

A) 1ª — Rio, Jacinto Ribeiro dos Santos Ed., 1922. 188p. Título de todos os poemas destacado em página branca. Impresso no Typ. da Revista dos Tribunaes. Rua do Carmo, 55 — Rio. Volume de 17x12,5cm, papel jornal. Única em vida do autor. [1]

B) 2ª — Rio, Annuario do Brasil, 1928 (junho). 192p. Alguns poemas com título destacado em página branca. Composto e impresso na Typographia do Annuario do Brasil. Rua D. Manuel, 62 — Rio. Primeira incorporação de *Ode a*

---

[1] Na página ao lado da folha de rosto, lê-se:

"Do mesmo autor:
«Ode a um poeta morto» (ed. esgotada)
«Diário do espírito,» prosa (no prelo)
«Crônicas» (a sair brevemente)
«In Excelsis» (em preparo)
«No ouvido do Tempo» (em preparo)".

Nenhum desses quatro inéditos foi publicado, mas a Academia Petropolitana de Poesia Raul de Leoni anuncia, em N, a edição de *Prosa coligida*, "em preparo" em 1995.

um poeta morto e primeira edição para "Poemas inacabados". Volume 18,5x13cm, papel comum. Errata em papel rosa colado à folha de rosto, nas páginas 21 e 133. Organização, Advertência e Prefácio de Rodrigo M. F. de Andrade.

C) 3ª — Rio, Civilização Brasileira, 1940 (março). 146p. Títulos dos poemas encimando o texto, verso em branco. Composto e impresso na Empreza Graphica da Revista dos Tribunaes. Rua Conde de Sarzedas, 38 — São Paulo. Volume de 18,5x13cm, papel comum. Corrige a errata de B.

D) 4ª — São Paulo, Martins, 1946 (julho). 164p. Composto e impresso nas Indústrias Gráficas José Magalhães Ltda. São Paulo. Volume de 17x12cm, papel azulado. Errata em papel azul colado à página do colofón, nas páginas 37, 60, 72, 75, 96, 105, 107, 111. Coleção Turquesa, v. II.

E) 5ª — São Paulo, Martins, 1948 (março). 126p. Composto e impresso na Emprêsa Gráfica da Revista dos Tribunais, idem. Volume de 18,5x13cm, papel jornal. Corrige a errata de D. Coleção Turquesa, v. II.

F) 6ª — São Paulo, Martins, 1949 (junho). Reprodução de E, sem referência à coleção.

G) 7ª — São Paulo, Martins, 1952 (julho). Idem.

H) 8ª — São Paulo, Martins, 1952 (julho). Idem.

I) 9ª — São Paulo, Martins, 1959. Idem, com 10 exemplares em papel Westerpost, fora do comércio.

J) 10ª — São Paulo, Martins, 1959. Idem, sem exemplar especial.

K) 11ª — São Paulo, Martins, 1965. Idem, com 10 exemplares em papel Westerpost, fora do comércio. Na folha de guarda, excluída da paginação, a errônea indicação de "10ª" edição.

L) 12ª — São Paulo, Martins, 1965. Idem, com 10 exemplares em papel Westerpost, fora do comércio. Na folha de guarda, o mesmo erro de K.

M) 13ª — Petrópolis, Pirilampo, 1987. 68p. Composto e impresso na Companhia Brasileira de Artes Gráficas. Rua Riachuelo, 128 — Rio. Volume de 21x14cm, papel branco. Texto, Prefácio e Notas de Fernando Py. Primeira edição para "Poemas Dispersos", acrescentados aos anteriormente denominados "Poemas Inacabados", com supressão deste subtítulo. Texto corrido.

N) 14ª — Petrópolis, Academia Petropolitana de Poesia Raul de Leoni, 1995 (na Ficha Catalográfica: 1993). 128p. Composto e impresso na Companhia Brasileira de Artes Gráficas. Volume de 21x14cm, papel branco. Organização e pesquisa de Edith Marlene de Barros e Cesar Olímpio Ribeiro Magalhães. Prefácio de Joaquim Eloy Duarte dos Santos. Orelhas, Revisão e Notas de Fernando Py. Edição ilustrada, "comemorativa do centenário de Raul de Leoni". Texto de M.

O TEXTO

Ode a um poeta morto

Não tendo localizado A, reproduzido de *Luz mediterrânea* B, em confronto com N, com atualização de linguagem.

Luz mediterrânea

Reproduzido de A, em confronto com B, C, D, E e N, com atualização de linguagem.

A, B, C, D, E e M apresentam composições próprias.

F parece reproduzir E, mas segue apenas a diagramação: a composição é própria, como se vê nas gralhas (inexistentes em E) de "brocardos"[2] (no lugar de "brocados") no poema "Florença" (p. 40) e de "crepúsculos"[3] (no lugar de "escrúpulos") no soneto "Platônico" (p. 78), sem errata.

---

[2] Sânzio de Azevedo (v. Bibliografia, p. 22) chama atenção para o patético *tour de force* de Luiz Santa Cruz (v. Bibliografia, p. 39), em nota justificativa "Expressão tomada com o significado de provérbios e axiomas, no caso elegantes e de estilo rendilhado à moda florentina renascentista". Nada disso: trata-se de brocados, no paradigma de "mosaicos" e "rendas". Santa Cruz não percebeu o mais grave: a impertinência semântica que "brocardos" introduz na série de substantivos.

[3] Sânzio (id) denuncia idêntico *tour de force*, agora de Péricles Eugênio da Silva Ramos, tentando neutralizar a quebra de métrica do verso, acarretada pela gralha, com o apelo a uma síncope: "crepúsc'los". Leoni jamais recorreria (nem

O mesmo fato ocorre com G (que reproduz os dois equívocos anteriores) em relação a F, como se vê na gralha de "E florescem" (no lugar de "Eflorescem") em "Ingratidão" (p. 62).

H produz G, com esses três erros: deve ser mera retomada de estoque, maquiada de "nova edição" na numeração editorial na capa e na folha de rosto.

I acrescenta um outro erro a H: a ausência de espaço para separar o 2º quarteto do 1º terceto no soneto "História antiga" (p. 60).

J reproduz I, com todos esse quatro erros: também deve ser retomada de estoque, exceto na diferença dos exemplares especiais de I, que J dispensou.

K corrige todos eles, mas introduz um novo erro: o da numeração da edição (10ª na folha de guarda e 11ª na folha de rosto).

L reproduz K, inclusive no erro de numeração da edição: ainda a indicação de 10ª, quando já estávamos na 12ª. Mas uma retomada.

De F a L reproduz-se a capa de E.

N reproduz M.

A partir de C, os títulos passam a encimar os poemas, exceto em "História de uma alma" e "Felicidade", decompostos em 4 e 2 sonetos, isolados em páginas brancas como se abrissem divisões do livro.

Poemas Inacabados

Reproduzidos de *Luz mediterrânea* B em confronto com "Autores e Livros"/ 15, número especial do Suplemento do Jornal *A manhã* (Rio, 23.11.41), dedicado ao poeta e organizado por Múcio Leão, e com N e com atualização de linguagem.

---

recorreu) a artificialismos como este. Silva Ramos também não percebeu a impertinência semântica que "crepúsculos" introduz na série de substantivos: "melindres" e "pudores", ambos no paradigma de "escrúpulos". Por uma atroz desatenção do revisor, tanto este erro quanto o da nota anterior se reproduzem nas próprias frases em que Sânzio faz as suas correções (refeitas à mão, no exemplar que me ofereceu), o que tornaria absurdo seu texto para um leitor desavisado. Sem dispor de todas as edições do livro, ele supôs que o erro provenha da segunda.

Recolhidos ao espólio do poeta, Rodrigo M. F. de Andrade os apresentou em B, com a seguinte Advertência: "Aos poemas inéditos, encontrados entre os papéis do poeta, se deu o título de inacabados, porque nada indicava que os considerasse então em sua forma definitiva" (p. 7).

Poemas avulsos

Transcritos de "Autores e Livros". Confrontados com M, onde Fernando Py os incorpora ao livro, como "Dispersos", pela primeira vez,[4] incluindo o já então famoso soneto "Eugenia", que ele dá (com reprodução na contracapa) com o título, mais divulgado e menos expressivo, de "Argila". E também com N, onde (com o título preferível de "Eugenia") este soneto aparece reproduzido por microfilmagem, cedido pela Biblioteca Nacional, com retoque a mão na palavra "argila", primeiro verso, por falha de reprodução.

Desses poemas, o jornal destaca como inéditos "Ciganos" (p. 299), "Síntese" (p. 306), "Duas histórias" (p. 309, com *fac-simile* do manuscrito) e "Transubstanciação" (p. 312, incluído na seção "Outras poesias de Raul de Leoni", ao lado de dois poemas de *Luz mediterrânea,* "Pórtico" e "A última canção do homem", e um dos Inacabados, "Almas desoladoramente frias..."); os demais (os sem título "Cala a boca, Memória! Basta, basta!", "Sei de tudo o que existe pelo mundo", "Maio. Sol de Saint-Loup. Declina o dia" e "Desconfiando", além do já mencionado "Ciganos") estão transcritos no artigo "Semeador de harmonia e de beleza — Os inéditos de Raul de Leoni", de Agripino Grieco (p. 304, concluído na p. 310).[5]

---

[4] Antes, Luiz Santa Cruz incluíra, como "Inéditos", 6 desses poemas ("Ciganos", "Transubstanciação", "Argila", "Cala a boca, Memória! Basta, basta!", "Sei de tudo o que existe pelo mundo" e "Maio. Sol de Saint-Loup". Declina o dia") na antologia do poeta para a coleção "Nossos Clássicos", da Editora Agir — v. Bibliografia.

[5] Informa Luiz Santa Cruz, em nota a propósito de "Ciganos": "Outro poema recolhido por Agripino Grieco, segundo o testemunho de D. Ruth Leoni, em seu pronunciamento pessoal dado ao Pe. Germano de Novais: «algumas poesias escaparam à fogueira (pedida pelo poeta ao morrer) porque Agripino Grieco, grande amigo do pai de Raul, habilmente conseguiu apoderar-se de alguns manuscritos»" (p. 76).

"Argila" figura na seção central da matéria, páginas 300 e 301, com "A poesia de Raul de Leoni, numa seleção de trabalhos de «Luz mediterrânea»", e exatamente como o último texto de um total de 28 mas, não tendo sido incluído no livro, não podia aparecer aí.

O poema "Duas histórias" é o único que apresenta problemas textuais. Ele só aparece em N, com a seguinte nota de pé-de-página de F. Py: "Copiado a partir do clichê manuscrito estampado na edição de *Autores e Livros*, citada. Devido ao mau estado da reprodução, a pontuação e até a ordem de certas palavras é de nossa inteira responsabilidade" (p.98). O problema da leitura (além da injustificável troca de "que contava" por "contada" no 7º verso, tanto no jornal quanto em N) está no final da 2ª estrofe, onde aparecem rasuras e emendas. O poeta escreveu: "Que quem *precisar* ver e contar as verdades / Apenas faz — ..." Riscou o final deste verso e emendou: "buscar verdades (,) não *faz mais*" (no jornal aparece "gaz nada") / "Do que multiplicar as dúvidas que tem". Depois, riscou também *precisar* e não substituiu — o que ensejou na transcrição o erro da forma do verbo *ver*, como no jornal, reproduzido em N. Preservamos entre colchetes o *precisar* riscado (até para manter o alexandrino), corrigimos a gralha, suprimimos os infuncionais travessões, colocamos ponto no final do 3º verso de cada estrofe e vírgulas depois do "loucura" da primeira estrofe (para harmonizar com o da segunda) e no interior do verso emendado.

Acrescentamos também a estes "Poemas avulsos" o soneto (a que atribuímos o título de "Velha natureza") transcrito por Walter Benevides no artigo "Raul de Leoni ou A recuperação do paganismo" (v. Bibliografia).

São, todos eles, versos da adolescência.

Eugenia

Transcrito da edição autônoma de Carlos Ribeiro: Rio, Philobiblion, 1955. Composto e impresso na prensa a mão "A

Verônica", Rio de Janeiro, sem indicação de endereço. Volume de 14x21cm, papel Raphael, com proteção em papel japonês verde fino. Xilogravura de Manuel Segalá. Edição fora do comércio, para brinde natalino, de 100 exemplares.

Confrontado com a transcrição de "Autores e Livros" (onde figura com o título de "Argila" e quarto variantes: "Nas" no início do 5º verso, sem parênteses e com "de" no lugar de "ao" no 11º e sem o pronome "eu" no 12º — que talvez devesse mesmo ser suprimido); com M, onde aparece "de" no texto e "ao" na contacapa, e com N, onde se mantém o "de" no lugar de "ao".

Não publicado pelo autor, não se conhecendo autógrafo com título e também designado por "Soneto pagão" e "Perfeição", além de "Argila", preferimos "Eugenia", por mais expressivo do ideário do texto, por mais leoniano e por ter sido o adotado por Carlos Ribeiro, com autorização de Dª Ruth Leoni Ramos, viúva do Poeta.

ESTA EDIÇÃO

Mesmo em se tratando de uma reunião de toda a poesia édita e da póstuma até agora identificada como autêntica, preservamos o designativo já consagrado de *Luz mediterrânea* expandido com o acréscimo de "e outros poemas".

Mantivemos a sequência textual de *Luz mediterrânea* como em A e dos "Poemas Inacabados" como em B. Para os "Poemas Avulsos", colocamos primeiro os destacados por "Autores e Livros" e depois os transcritos por Agripino Grieco, na sua ordem.

Para facilitar a referência, atribuímos títulos (entre aspas no Sumário) aos poemas não-intitulados pelo Autor, aproveitando sintagmas extraídos do próprio texto, no lugar da in/cômoda utilização do *incipit.*

Pelas particularidades mencionadas na Introdução e nesta Nota sobre as edições e o texto, e por ser um dos mais belos sonetos de amor da Língua Portuguesa, destacamos "Eugenia" numa seção independente, fechando o volume.

Restauramos a pontuação (interferindo apenas em casos necessários) bem como a estrofação de A, alteradas em alguns poemas nas edições anteriores.

Em Apêndice, preservamos o Prefácio original de Rodrigo M. F. de Andrade a B e reunimos mais 3 textos sobre o poeta.

O organizador sonha transformar esta edição comentada numa Edição Crítica.

Um instintivismo hedonista

Pedro Lyra

Raul de Leoni (1895-1926), com apenas 31 anos de vida e um único livro (*Luz mediterrânea*, 1922) — ao qual, na segunda edição, em 1928, se incorporou uma plaquete (*Ode a um poeta morto*, 1919) e um conjunto de 5 "Poemas inacabados" e, na 13ª, em 1987, outro conjunto de 8 "Poemas dispersos" e mais um na 14ª em 1995 — vem até hoje provocando a crítica e a história (14 edições antes desta: uma a cada 5 anos, ao longo de 7 décadas), que ainda não chegaram a um consenso quanto aos dois problemas básicos com que sua reduzida obra desafia o historiador e o crítico literário: a *inserção histórica* e a *fisionomia estética.*

A inserção histórica é bem menos problemática — e não é o dado escolástico, mas o geracional que resolve o problema: nascido exatamente no ponto ideal de encadeamento das gerações Decadentista e Modernista[1] e estreante na fase de ascensão da segunda — as quais, conforme a escala que propus em *Sincretismo: A poesia da Geração-60*,[2] têm respectiva-

[1] No mesmo ano de Cassiano Ricardo e Tasso da Silveira; 2 anos mais novo que Ronald de Carvalho, Jorge de Lima e Mário de Andrade; 3 que Menotti del Picchia; 5 que Guilherme de Almeida e Oswald de Andrade; 9 que Manuel Bandeira; e apenas 6 anos mais velho que Cecília Meireles e Murilo Mendes e 7 que Carlos Drummond de Andrade. Quanto aos decadentistas do Pré-modernismo, 2 anos mais novo que Gilka Machado, 3 que Moacyr de Almeida, 6 que Olegário Mariano, 7 que Hermes Fontes, 11 que Augusto dos Anjos, 13 que José Albano, 14 que Goulart de Andrade, 20 que Amadeu Amaral.

[2] LYRA, Pedro, *Sincretismo: A poesia da Geração-60 — Introdução e antologia.* Rio, Topbooks, Fundação Cultural de Fortaleza, Fundação Rioarte, 1995.

mente as suas faixas de nascimento de 1875 a 1895, data-base em 1885, e de 1895 a 1915, data-base em 1905, e de estréia de 1895 a 1915, data-base em 1905, e de 1915 a 1935, data-base em 1925 — ele tanto poderia ser um dos definidores/ulteriores da Decadentista quanto um dos precursores/introdutores da Modernista. Como geralmente acontece com os autores fronteiriços entre gerações contíguas, veremos que ele preencherá os papéis de ambas, numa síntese pessoal.

Pela base genealógica/histórica do conceito, ele se vincula à Geração Modernista, tanto pelo ano de nascimento (bem na data-início da faixa) quanto pelo ano de estréia (apenas seis anos antes da data-base). Portanto, em posição simétrica aos introdutores da Geração Modernista. O problema maior será quanto à sua fisionomia estética, sobre a qual seus críticos divergem de modo patético e irreconciliável.

Toda a controvérsia se origina da tentação de querer reduzi-lo a *uma* escola ou *uma* estética. Ora, se o próprio autor não fez "profissão de fé" por nenhuma delas, essa questão será nula — o que não impede, por razões de ordem taxonômica ou didática, de procurar aproximá-lo a qualquer uma. Assim, o poeta tem sido identificado ora como neo-clássico, ora como neo-romântico, ora como neo-parnasiano, ora como neo-simbolista, ora como simples pré-modernista.

Sem vinculação e sem preocupação escolástica; vivendo e produzindo numa época de confluência de tantos estilos, uns decadentes, outros revolucionários; mas, sobretudo, não tendo aceito ao ponto de adesão os primeiros sinais da ultrapassagem histórica da estética do passado e não portando em seu projeto poético uma alternativa própria de inovação, era simplesmente impossível que ele deixasse de apresentar em sua obra traços de todos esses estilos, num ecletismo estético que marcou toda a geração pré-modernista: entre o novo ainda indefinido e o antigo já assimilado, ele propendeu para a retomada da tradição. Portanto, também um dos ulteriores da Geração Pré-modernista.

Como se depreende, o equívoco consiste no *reducionismo* e na *exclusão*: com uma obra tão singularizada, ele não é isto *ou* aquilo, mais sim isto *e* aquilo, pois, eclética e simultaneamente, exibe estilemas e posturas de neo-clássico (na intenção filosófica, na altivez de espírito, na clareza da enunciação, na depuração da linguagem etc.); de neo-romântico (na concepção idealista de vida, em certa melancolia diante do ideal inatingível, numa vaga idealização do passado etc.); de neo-parnasiano (no requinte formal, no distanciamento emotivo, na opção pelo soneto mesmo não-alexandrino etc.); de neo-simbolista (na musicalidade da expressão, em certa diluição dos referentes, no ritmo melodioso e às vezes encantatório, na dicção penumbrista, na ambigüidade do misticismo, no gosto pela alegorização etc.); de pré-moderno (na reinvidicação da liberdade de posicionamento, no polimetrismo bem próximo do versilibrismo, nas antecipações de certas configurações sociais de nossa época etc.). Mas, embora reconhecendo a legitimidade da nova estética, modernista não é — como se deduz do seu lúcido artigo "Marinetti", a cuja conferência no Rio acabara de assistir:[3]

> *Futurismos, dadaísmos, traísmos, simultaneísmos, cubismos, etc., etc., não são afinal mais do que sinais vagos, parciais, turvos, imprecisos, confusos, inquietos ansiados, delirantes, pitorescos, talvez* ridículos, *mas extremamente expressivos todos, de uma só e mesma coisa, perfeitamente legítima, que é essa formidável agitação do espírito contemporâneo...*

Ele, portanto, chegou ao Modernismo, conheceu-o, e — sem se interessar pela nossa Semana — condenou os exageros do movimento, encarando-o não como simples realização cultural de um ou outro "iluminado", mas como resultado lógico e como que autônomo de um longo processo histórico e dialético. No mesmo artigo:

> *...essa revolução nasceu e se está operando e desenvolvendo por si mesma, inevitável, fatal como uma lei da natureza.*

---

[3] LEONI, Raul de. Marinetti. In: *Trechos escolhidos.* Rio, Agir, 1961. Seleção, introdução e notas de Luiz Santa Cruz. (Coleção "Nossos Clássicos", v. 58.) Realce meu.

Dar-se-lhe nomes e chefes é estreitá-la em penosa restrição. Na sua profunda contingência universal, ela não é de ninguém, não pertence a ninguém, sobe do fundo das coisas humanas como uma fatalidade.

É que seu nascimento como poeta se processou longe da agitação da revolução modernista. Atribuindo valor de depoimento ao poema "Noturno", o impulso inicial para a poesia brotou do solo clássico-romântico dos ideais eternistas. Na contemplação infantil/adolescente de uma poética noite, tudo teria começado:[4]

Eu era uma criança e, já possuindo
A sensibilidade evocadora
De um poeta de símbolos profundos,
Solitário e comovido,
No minarete do solar paterno,
Com os pequeninos olhos deslumbrados,
Passei a noite inteira, o olhar perdido,
No azul sonoro, o azul profundo, o azul eterno
Dos eternos espaços constelados...
(...)
Diante da noite azul — eu senti e pensei
O meu primeiro sofrimento humano
E o meu primeiro pensamento eterno...

Conquanto haja em sua obra inequívocos sinais de sintonia com a nova realidade universal, plasmada pela ciência e pela tecnologia, e haja compreendido nitidamente o seu caráter de necessidade histórica, ele não optou pelo movimento, ao menos nas formas lingüísticas e expressionais de sua configuração estética: caso típico de um autor fronteiriço que, pertencendo pelo nascimento (e pela estréia) a uma geração, vin-

[4] ______. *Luz mediterrânea*. Rio, Jacinto Ribeiro dos Santos, 1922. Linguagem atualizada. Tivemos presentes todas as 14 edições do livro.

cula-se à anterior (como incorporado) pela fisionomia. Portanto, um eclético pré-moderno.

No entanto, essas duas dimensões — a social e a estética — do momento modernista, ele as captou com plena lucidez. Como lemos no citado artigo:

> *É que a ciência, ensinando ao homem uma nova utilização e uma nova sensação das coisas, ensinou-lhe uma ideação nova, uma alma nova, uma nova sensibilidade, um gênio novo. Disso já vai resultando um espetáculo novo do mundo e do destino humano. E a Arte nova será, apenas, o espelho do espetáculo novo...*
>
> *Tudo isso é perfeitamente claro e normal.*

Era "claro" para ele e "normal" que assim o fosse. Mas não aderiu. E permaneceu, sem poder desvincular-se, preso às suas origens intelectuais, que estavam solidamente fincadas na sedução da Grécia antiga e da Itália renascentista.

Mas por que não teria aderido ao Modernismo? Antes de tudo, evoque-se que seu único livro foi publicado exatamente no ano da Semana: portanto, escreveu antes do movimento. Vinculado à classe dominante, formado na disciplina do cristianismo familiar e seduzido pelo cosmopolitismo da filosofia pagã, a sua cosmovisão foi-se definindo pelos padrões do idealismo sensorial/racionalista da cultura mediterrânea explicitada no título do seu livro. Confessa que "há horas" em que *vê* sua alma como

> *Harmoniosa e sutil, sensual e egoísta,*
> *Filha do idealismo epicurista,*
> *Formada na moral da Renascença.*

E cultivada na convivência contínua dos grandes nomes da sensibilidade clássica: ele menciona em seus versos deuses como Vênus, Apolo, Dionisos, Pã, Fébus, além de oráculos e faunos; poetas como Homero, Anacreonte, Safo, Teócrito; pensadores como Sócrates, Platão, Epicuro, Erasmo,

Maquiavel; obras como *As mil e uma noites*, *O Banquete*, o *Cântico dos Cânticos*, o *Decameron*, e chega a nomes próximos como Rousseau, Banville, Leconte, Bilac — mas não menciona nenhum coetâneo, nenhum moderno, e a "Fête galante" que menciona talvez não seja o livro de Verlaine. E só se ocupa de Marinetti nesse artigo. Ora, o Modernismo se erigiu exatamente contra o esgotamento estético de tudo isso, como ele — reportando-se à estética decadentista — percebeu e demonstrou muito claramente nesse artigo em defesa da revolução futurista:

> *Quando (*Marinetti*) malsina o passado, a ordem, a disciplina clássica e a lógica, quer referir-se ao ritmo cansado, à rotina estéril, veletudinária e sonolenta. Porque a Lógica, sendo a própria essência das relações universais, não pode ser banida da vida humana.*

A nova poética, no entanto, iria de encontro à que ele já vinha praticando desde a adolescência e talvez lhe parecesse muito inferior — pois que era mesmo — para aderir a ela. O distanciamento com que, nesse artigo pioneiro e definitivo (nossa mais lúcida e mais profunda visão do momento em sua eclosão — inexplicavelmente ignorado pelos historiadores, não apenas do período mas de toda a nossa literatura) se refere aos novos tempos que a condicionam, não deixa dúvida:

> *A ciência moderna, provocando uma espantosa aceleração de todos os ritmos da vida exterior, criou, logicamente, para o homem uma necessidade de síntese extrema de todos os movimentos e operações do seu mundo psíquico. Obrigado a viver mais depressa, e, em consequência, de dar uma expressão mais rápida ao que sente, ao que pensa, ao que faz, ao que vive. Sua arte, para ser uma coisa viva, deverá ser portanto extremamente sintética, intensa, dinâmica, livre, consistindo, quase, em pura sugestão, em que se condense, no recorte de uma imagem, todo um mundo de idéias associadas.*

Mas nem a curta vida nem a escassa poesia de Raul de Leoni se enquadram nesse conjunto de atributos que ele via em suas manifestações modernas: nada de "pressa" — nem no pensar, nem no sentir, nem no agir; muito menos na sua expressão poética, que jamais se orientou no sentido de conferir mais rapidez "ao que sente, ao que pensa, ao que faz, ao que vive". Quer dizer: sua poesia pode ser "intensa" e "dinâmica", como toda poesia superior, mas não será tão "livre", nem "extremamente sintética", nem se constitui em "pura sugestão", nem se condensa "no recorte de uma imagem", como ele via a poesia moderna. Analítica em alguns momentos, fiel àquela Lógica que ele identificou como "essência das relações universais", nem na preferência pela brevidade formal do soneto a sua poesia pode ser concebida como aceitação dessa necessidade de "síntese extrema de todos os movimentos e operações do seu mundo psíquico", como por exemplo a de um Oswald de Andrade. E que abismo entre as duas: uma — séria, profunda, desenvolvida, sedutora, universal e eternista; outra — brincalhona, superficial, ligeira, apelativa, localista e datada. Talvez que os blocos de versos em fragmento, talvez que as frases em forma de epigrama pudessem apontar nessa direção. Mas ele mesmo os considerou como "soma de dados para uma obra mais geral e mais coordenada", como "«esquises» de uma criação futura", pensando em fazer com eles "o que a terra faz das boas sementes".[5] Portanto, nada da ligeireza, da improvisação e da antidiscursividade tipicamente modernistas. E o gesto extremo de, às portas da morte, pedir à esposa que queimasse todos os textos a que não pôde conferir forma definitiva, comprova o rigor de sua concepção poética. Em suma: a sua poesia pode ser moderna na atitude aberta do seu espírito em face do mundo em transformação — na opção pelo desfrute livre da existência — mas não nas formas exteriores que esse movimento adotou para expressar-se poeticamente. E nem por contrastar alguns desses atributos ela dei-

5 ______. "Diário do espírito". In: *Trechos escolhidos*. Ed. cit., p. 112.

xou de se configurar como individualização de uma "arte viva" — muito mais viva hoje que a de muitos modernistas, já envelhecidos ou sepultados.

Essas atitudes são aquelas fundamentadas nos dados consubstancializadores de sua cosmovisão.

Em primeiro plano, o *misticismo*, em que ora se alternam ora se fudem o cristianismo e o paganismo, compondo uma visão afinal panteística e hedonística do mundo. Essa articulação das duas grandes fontes místicas do pensamento de Raul de Leoni também não foi bem entendida por alguns de seus críticos, que as viam ou excludentes ou isoladas. Elas contracenam ao longo da coletânea e às vezes num mesmo poema. Provavelmente, em razão do processo educacional, o cristianismo tenha alguma precedência mas, pelo fato mesmo de se configurar numa fase posterior, o paganismo acabará se definindo com alguma preferência.

Já na plaquete de estréia, dedicada à memória de Olavo Bilac, o poeta propunha a sua concepção inicial da existência:[6]

Que o sentido da Vida e o seu arcano
É a imensa aspiração de ser divino,
No supremo prazer de ser humano!

Na verdade, não há explicitação de cristianismo neste poemeto de 214 versos polimétricos, só não tipicamente livres (isto é: modernos) em função da sintaxe e do ritmo tradicionais, do predomínio do contraponto decassílabo/alexandrino, da presença da rima e da linguagem solene, publicado aos 24 anos: é, todo ele, uma exaltação da poesia, fundada no paganismo. Num dístico que condensa toda a antropologia intuída pela e dedutível da mitologia grega, o poeta constata que:

Freme em tua arte o sangue de Dionisos,
Diluído nas virtudes apolíneas;

---

6 ______ . "Ode a um poeta morto". In: *Luz mediterrânea.* 2.ed. Rio, Anuário do Brasil, 1928. Linguagem atualizada. Organização e prefácio de Rodrigo M. F. de Andrade.

As faces sensorial e racional do ser, que fundam e consubstanciam o humano, aí já aparecem como numa proposição, desenvolvida ao longo do poema, e que vão conseqüentemente informar toda a sua poética em sua fusão de sensualismo e racionalismo. Essa unidade dualista já se anunciava no verso inicial, caracterizando Bilac, ou seja, o poeta, ou seja, ele mesmo, como um "Semeador de harmonia e de beleza", que:

Faz da Vida uma obra-prima
De sensibilidade e de bom-gosto.

Pelo componente racional, a poesia é concebida e praticada como uma forma superior de conhecimento: através dela, "se pode compreendê-las" (as almas). E integraliza a concepção com o componente sensorial, que lhe enseja uma melancólica idealização: se tivesse a eternidade das estrelas (ou se o corpo tivesse a eternidade da alma), a humanidade

Talvez não fosse mais feliz, quem sabe?
— Mas seria mais bela e mais perfeita...

É esse idealismo primitivo que funda aquela suprema idealização, em busca da perfeição: "ser divino". E que enseja a fusão paganismo-cristianismo:

O sonho capitoso de Anacreonte
E o lirismo sensual do Cântico dos Cânticos,

explícita nas parcas referências cristãs do início do livro, feitas num verso de alta síntese do segundo poema ("Florença"): ele concebe o espírito da cidade como uma alma "de Vênus e Maria", e que é "Filha de Cristo e de Epicuro",

Casta e viciosa — gótica e pagã,
Hamoniosa entre a Acrópole e o Calvário.

Trajetória idealizada do poeta ao longo da Cultura — desde as origens gregas, passando pelo apogeu romano, pelos castelos e ilhas do oriente, pelo sono medieval, pelo sonho renascentista, pela abertura da modernidade européia, até o século passado — o verdadeiro referente deste poema é o próprio autor: é de si mesmo que Leoni fala, como ele se imagina ou se deseja, aparentando falar de um de seus mestres — "Poeta cosmopolita, alma moderna". Ou seja, fala da poesia, do poeta, simultaneamente em abstrato e na história:

— Fora do Tempo e do Espaço,
Na Humanidade e no Mundo —

externando uma compreensão que se repete e se desdobra e se aprofunda em vários poemas posteriores, como "Artista":

Vives humilde e inda ao morer ignoras
O Ideal que achaste...

"E o poeta falou":

Fui a primeira luz neste planeta obscuro!
Fui a suprema voz de todas as consciências!
Fui o mais alto intérprete de Deus!

"Gaia ciência":

Ator e espectador do drama humano
— Homem, Filho do Bem, Filho do Mal —
Sei de tudo, desci ao fundo amargo
Das idéias...

"A última canção do homem":

Rei da Criação, por mim mesmo aclamado,
Quis, vencendo o Destino, ser o Rei
De todo esse Universo ilimitado
Das idéias que nunca alcançarei...

As linhas racionalista e hedonista vão promover a plena fusão de cristianismo e paganismo nos magistrais poemas de *Luz mediterrânea.*

Logo no poema-proposição do "Pórtico", ele começa a explicitar de maneira definitiva a sua ideologia. Em 20 estrofes assimétricas, apresenta-se diretamente falando de si mesmo ("Alma de origem ática, pagã") nas duas primeiras e, depois de uma identificação na terceira ("Meu pensamento... / É uma suavíssima cidade grega"), completa indiretamente a apresentação nas 17 restantes, falando de Atenas ("Cidade da Ironia e da Beleza"). A cidade é ele: o que ele afirma da cidade, é dele que o afirma.

Ao apresentar-se como "irmão de Epicuro e de Renan", o poeta fornece de saída a chave para o entendimento de sua posição diante da vida: o *hedonismo instintivo.* Ele toma o epicurismo na sua significação filosófica autêntica: não a deturpação grosseira de que foi vítima (a vida pelos prazeres materiais) e sim a serena vida do "prazer em repouso",[7] proporcionado por uma clara compreensão de si mesmo e do universo, que anula a possibilidade de angústia derivada da dúvida — daí a sua reconhecida "serenidade" de espírito. Leoni pode ignorar muitas coisas, mas não duvida do que logrou assimilar: logo, não padece tormentos de natureza metafísica. "Sei o que quer dizer uma existência humana" — afirma em "Gaia ciência"; "Sei de tudo o que existe pelo mundo" — afirma num dos Poemas Avulsos. E defende a tese de que o homem não encontrou a felicidade justamente porque a "embaraçou na filigrana / De um ideal metafísico e divino". Nem tampouco se abandona aos delírios dos sentidos: logo, não padece também dos tormentos da carne. Em toda a *Luz mediterrânea,* há apenas um poema de amor, o soneto "História antiga", que exibe a face já resignada de um amor frustrado: "é tarde demais para dizê-la"; e o único poema plenamente erótico-pagão que escreveu (o antológico soneto "Eugenia", que idealiza um amor perfeito) não foi — ou por reverência familiar ou por escrúpulos conjugais — incluído no livro.[8] Seu prazer

---

[7] Cf. EPICURO. *Antologia de textos de — et alii.* São Paulo, Abril Cultural, 1973. Tradução de Agostinho da Silva. (Coleção "Os Pensadores", v.V.)

[8] Afirma ainda em nota Luiz Santa Cruz, ao incluir este célebre soneto na coleção "Nossos Clássicos": "Cessados os motivos para a publicação deste soneto (não pretender o poeta melindrar os escrúpulos cristãos e religiosos de sua mãe já falecida),

aqui é "o prazer sutil do pensamento". Estamos em contato com um espírito sereno, que se equilibra no conjunto das certezas a que chegou: embora conteste aquelas duas manifestações de onisciência na conclusão dos dois poemas ("Entretanto, não sei..." e "Eu, que sei tudo, só não sei quem sou..."), ele sabe quem é e sabe o que quer. E quando não encontra a verdade objetiva, satisfaz-se com uma verdade pessoal, isto é, poética: "Confia na verdade da Ilusão".

A fonte dessa convicção não é a relação raciocínio-idéia, que é posterior e elaborada, mas a relação instinto-intuição, que é imediata e auto-evidente. O instinto é o fundamento das reações primárias — naturais e mecânicas — do organismo e da sensibilidade a uma necessidade interior ou a um estímulo externo. Fundada nele, como forma instantânea de apreensão da realidade, a intuição fornece uma resposta orgânica à provocação do real, sem mediação: é uma reação espontânea do ser diante da circunstância que o envolve e condiciona. Porque colada ao real que a provoca, oferece uma direção inicial — e assim o poeta a aceita como manifestação sensível da verdade.

De posse dela, a consciência dispõe de duas alternativas: segui-la de maneira automática, aceitando-a como expressão natural da tendência do ser e, portanto, verdadeira; ou questioná-la para segui-la somente quando seus efeitos forem reconhecidos como convenientes pela razão. Um poeta-filósofo teria que privilegiar a segunda alternativa mas Leoni oscila entre as duas, ora acatando a primeira, como um espontaneísta, ora a segunda, como um calculista. E num confronto entre a intuição e a meditação, ele — contrariando toda uma tradição crítica algo apressada em apresentá-lo como "poeta filósofo",[9] arrastada talvez pela freqüência com que o poeta evoca a Filosofia através de referências explícitas

---

incluímos, aqui, esse soneto..." (p. 79). Claro que isso não seria motivo suficiente, sobretudo em face de outros versos do poeta. O que se supõe hoje é que o verdadeiro motivo consiste no fato de a musa não ser a esposa, mas uma amante: afinal, a esposa era dele e nasceu-lhe um filho que morreu com 4 anos.

[9] Recentemente, contestado por Carlos Felipe Moisés e, de modo menos analítico, por Leila Perrone-Moisés — v. Bibliografia.

à "idéia", à "alma", ao "ser" e mesmo a alguns filósofos, como Platão — inclina-se preponderantemente pela primeira. Encarando o instinto como "a lógica fatal / Das cousas", como "lei eterna da criação", ele o segue por reconhecer nele a:

Pura sabedoria natural
Que move os seres pelo coração,
Dentro da formidável ilusão,
Da fantasmagoria universal!

Como podemos deduzir, a verdade é fornecida pela apreensão emotiva do ser (*coração*) enquanto a razão é concebida como geradora de fantasmas (*ilusão*). Sem dúvida, trata-se de *uma* filosofia — *o instintivismo hedonista* — mas uma filosofia concebida e praticada como norma de conduta e não como conceptualização do universo, ou seja: uma filosofia que, por consistir nessa "Pura sabedoria natural", nega a Filosofia, que consiste numa complexa sabedoria cultural. Para ela, o "intérprete de tudo" não é — como se exige na prática filosófica — a inteligência, "anjo rebelado" que "Tombou sem ter sabido a eterna lei", mas o instinto, como se constata nas atitudes empiristas:

Tendo os instintos por filosofia
Era um ser mansamente natural,
Em cuja meiga ingenuidade havia
Uma alegre intuição universal.

Fundada sobre a relação instinto-intuição, essa filosofia vai elaborar-se não na consciência, mas na *imaginação* — pois quem fala é um poeta e não um filósofo. Contraposta à realidade adversa, a imaginação se configura como o refúgio onde o ser reelabora a vida e encontra solução favorável para os seus tormentos. Sendo

...o sexto sentido da Existência
E a memória divina da alma humana!

ela oferece não apenas a orientação para os conflitos (*memória*) mas também a sua plena e transcendental compreensão (*sexto sentido*): portanto, um "consolo" ideal — reiterando a função sublimadora da poesia, mais vinculada à Psicologia do que à Filosofia. Ela cria:

> *...as religiões, as fábulas, os mitos*
> *Para iludir a dor universal:*

não propriamente para tentar compreender/explicar o mundo. E aqui reside a resposta ao falso dilema criado em torno da estética de Leoni: não é uma poesia "filosófica", mas simplesmente *uma poesia*. Poesia que explora idéias sensorialmente, que explora emoções racionalmente, não a extrair deduções objetivas ou a derramar confissões íntimas, mas a tecer "lógicas trêfegas", conferindo-lhes assim substância e expressão poéticas, com alguns termos e teses tomados à Filosofia, mas sempre numa enunciação literária — como em toda alta poesia. Mesmo a lírica: nesse processo, o que ele manipula é "O Símbolo e a Ilusão" — "prendas" legadas pelos deuses através da imaginação e que constituem instrumentos da poesia, direcionados para a "verossimilhança", e não, como se exigiria de um empenho filosófico, ou científico, o "conceito" ou a "Realidade", direcionados para a "verdade".

O contraponto da intuição é a *idéia* — um pensamento que se elabora e se define no plano da consciência, Ele apresenta as idéias divididas em duas categorias. Umas são "aquarelas efêmeras do espírito" ou "Paisagens meigas da imaginação" — despojadas portanto daquela objetividade que as define como representações abstratas do ser. Estas são "lindas", mas "não criam nada". Outras são "sementes recônditas" e só estas são "orgânicas e eternas", as "idéias que criam". Elas "Terão que ser humanas... / Ser a nossa energia e a nossa fé", mas também "Sentimentos, paixões e quase instintos". Esta semi-identificação — que supervaloriza o instinto (por ser sempre verdadeiro) contra a idéia (por poder ser falsa) numa conceituação em que, por essas propriedades, as idéias terão que se radicar em instintos mas os instintos não precisam se formalizar em idéias — define de maneira incontroversa a natureza *poética* e não "filosófica" do pensamento e do texto de Leoni. Não pode ser considerada como tal uma poesia que — contrariamente às atitudes filosóficas de todas as escolas — recomenda:

Deixa-te ser!... e vive distraído
Do enigma eterno sobre que repousas,
Sem nunca interpretar o seu sentido!

A seguir-se esse conselho, não haveria filosofia no mundo e muito menos poesia filosófica, já que a filosofia pode ser concebida exatamente como uma tentativa de interpretação do sentido dos enigmas do ser.

Noutro momento, em aparente contradição, ele sugere:

Tudo que te disserem sobre a Vida,
Sobre o destino humano, que flutua,
Ouve e medita bem, mas continua
Com a mesma alma liberta e distraída!

Essa "meditação" é ilusória porque seus resultados são neutralizados pela "distração" da alma, que não os considera. Somente "distraída" — sem envolvimento com os dramas da existência sobre os quais meditou de modo inconseqüente — ela pode continuar "liberta". O oposto da distração é a atitude filosófica da *concentração,* em que a alma se envolve responsavelmente com esses dramas.

O objetivo desse desprendimento consiste em contornar as possíveis angústias decorrentes do envolvimento, de que ele demostra plena consciência: elas, as angústias, constituem

Essa seiva de fel, ácida e ingrata,
Que há no fundo sombrio das Verdades.

Ora, o que temos aí é uma fuga pelo receio de enfrentamento da verdade — atitude absolutamente incompatível com o espírito filosófico. E, se o não for por doloroso, o pensamento — noutra atitude antifilosófica — será recusado por improdutivo:

Há idéias que na vida cultivamos,
Pela volúpia inútil de pensar,

Como inútil? Quando nada, executado por um poeta, o pensamento produzirá a poesia. No *Diário do espírito* (loc. cit., p. 115) ele recomenda: "Continuai a pensar... Ninguém vos poderá assegurar que isso seja um esforço inútil... / Não pensar, talvez fosse ainda pior". Mas, neste amálgama de indefinições, também a poesia se revelará inútil:

Tantas idéias límpidas, bailando,
Estão dizendo coisas infinitas...
(...)
Ah! se eu as animasse em palavras, eternas,
De uma vida magnífica e serena!...

Não vale a pena!

Como não vale a pena? Se acreditasse mesmo nessa "inutilidade", muito provavelmente o poeta não iria se dar ao trabalho de escrever o poema em que nega o que expressou. Principalmente para quem, como o poeta que era, confessara, nesse mesmo *Diário* (ibidem): "A imaginação é a minha realidade superior..."

Conduzido pela idéia de sofrimento e/ou de inutilidade do pensamento é que Raul de Leoni insiste tanto na postura *distraída.* Além dos casos já comentados, ele a encara ora como defesa:

Ainda e sempre, conservas para a Vida,
A flor de um idealismo, a ingênua graça
De uma grande inocência distraída.

Ora como fonte de bem-estar:

Nessa tranqüilidade distraída,
Que as almas simples sentem pela Vida,
Sem mesmo perceber que estão sentindo...

Ora como justificativa de resignação:

Para adiante! Ó ingênuos peregrinos!
Foi sempre por um passo distraído
Que começaram todos os destinos...

Ora como consolação:

Viste que a vida é uma aparência vaga,
E todo o imenso sonho que semeias,

Uma legenda de ouro, distraída,
Que a ironia das águas lê e apaga,
Na memória volúvel das areias!...

O coroamento (e a ironia) de toda essa distração é que, quando — pela única vez — a verdade "passou" na vida humana,

a alma do homem
Estava distraída.

Não fez mais que seguir as antifilosóficas recomendações do poeta.

Nessas situações ideais, a "distração" aparece como corolário de *inocência, tranqüilidade, simplicidade, ingenuidade* — estados humanos opostos à condição filosófica e que a excluem por incompatibilidade com a atitude do questionamento racional e objetivo. Isso não é outra coisa senão o mito bíblico da *felicidade pela ignorância*, na interdição do conhecimento tanto do bem como do mal, como se vê claro em:

Basta saberes que és feliz, e então
Já o serás na verdade muito menos:
(...)
Se és feliz e o não sabes, tens na mão
O maior bem entre os mais bens terrenos

como se o conhecimento impossibilitasse ou destruísse a felicidade, somente viável "Longe do Pensamento e do Desejo". E esse "bem maior" é a "suprema aspiração, / Que deslumbra os filósofos serenos". Não há filósofo *sereno* — exceto aquele que adota a "serenidade" como filosofia. E o que pode "deslumbrar" o filósofo, sempre imerso no pensamento e no desejo, não é a conquista de uma tal felicidade, mas a descoberta da verdade do Ser, que é o problema central da filosofia. Para o cristianismo, essa verdade foi "revelada" há 2 mil anos: de origem divina, o homem é um conjunto corpo-espírito, o espírito tem vida eterna após a morte do corpo e a vida terrena é apenas uma preparação para essa vida eterna, no convívio com Deus, quando o homem encontrará enfim a perfeição. Para quem acredita, o problema do ser está resolvido — não pela investigação filosófica, mas pela fé religiosa. Mas daí surge outro problema. Mesmo crendo, o indíviduo pode estar engando: não há certeza da existência de Deus. Neste caso, sua origem é animal, a perfeição é uma quimera, a eternidade é da matéria e não do espírito, que morre enquanto o corpo se transforma, e a vida humana se cumpre plenamente na Terra. Leoni, que também sonha com a perfeição, não demonstra crença firme naquela "revelação".[10] E, no lugar da filosófica busca da verdade, recomenda o oposto — o aliviante abandono do pensamento e a hedônica busca do prazer:

Procura o espaço livre e as macias alfombras
E vive sem pensar! Basta que o Sentimento
Te una à Vida e a renove, quando em quando...
As idéias enganam como as sombras,
São as sombras das cousas flutuando
No espelho móvel do teu pensamento!...

Afim do instinto, afim da intuição, o Sentimento (com *status* de verdade definitiva pela maiúscula) é quem justifica a vida e lhe confere sentido. Já o pensamento (reduzido a um reflexo insatisfatório, pela minúscula) é um engano: as

---

[10] A propósito, afirma o padre Germano de Novais, em sua biografia crítica do Poeta: "O que faltou à filosofia da vida de Raul de Leoni foi uma ordem de valores transcendentes, foi a aceitação sincera da vida de além-túmulo, onde o justo será premiado e o injusto punido" (v. Bibliografia — p. 9). No *Diário do espírito*, o poeta afirmara: "É na religião do silêncio que o homem ouve a voz dos deuses e das horas" (loc. cit., p. 113). Religião "do silêncio", não *da fé;* voz "dos deuses", não *de Deus*. Panteísmo e paganismo puros.

idéias são apenas "sombras das cousas". Por isso, a plenamente antifilosófica recomendação: "vive sem pensar", fazendo lembrar o Fernando Pessoa / Alberto Caeiro, que ele provavelmente não chegou a conhecer. Pois o sentido da Vida é revelado pelo prazer, não pelo seu questionamento:

E vive assim... Como filosofia
O Prazer...

Em oposição:

...essa Via-Dolorosa
Do pensamento, que no fim é sempre triste.

Para o hedonismo, a verdade das cousas "é o prazer / Que elas nos possam dar à flor das horas", não o seu ser em si. Isso pode ser a sua destinação ou função mais agradável, mas não a sua "verdade". Condenado como "Força maldita", o pensamento não logra revelar a verdade da existência e só gera angústia: "Eras fraco e feliz, sem meditar". Na tentativa de penetrar "o espírito das cousas ", tudo que o pensador ou o pensar produz é destruir a "ilusão" de felicidade. Como em todo lirismo, essa felicidade só é proporcionável em plenitude pelo amor — mas o amor de "Eugenia":

É tanta a glória que nos encaminha
Em nosso amor de seleção, profundo,
Que (ouço ao longe o oráculo de Elêusis),

Se um dia eu fosse teu e fosses minha,
O nosso amor conceberia um mundo
E do teu ventre nasceriam deuses...

Ou seja: um amor irrealizável de tão idealizado. Coerente com esse irrealismo, a felicidade é figurada numa série de belíssimas imagens, mas todas negativas: ela é ora a "Sombra do nosso sonho", ora a "Bela Adormecida da alma humana", ora o "Trevo de quatro folhas do Destino" — ou um vago ideal, ou uma distante miragem, ou um remoto fetiche, inatingível sob qualquer forma. Embora buscada onde se deve, que é o nosso mundo, e não num além, mas sendo este mundo uma "selva impraticável", um lugar desumano, ela não pode se manifestar, pois que essa desumanidade é exatamente a medida da sua desmanifestação. Nestas condições, como supremo "ideal da vida", ela implica uma perene frustração, definida num dos mais altos sonetos da língua — o "Legenda dos dias" — como

Um adiamento eterno que se espera,
Numa eterna esperança que se adia...

Esse dístico final é um perfeito quiasma, que reproduz a circularidade da frustração: os termos nucleares mudam de forma (*adiamento*/adia, *espera*/*esperança*) e invertem a posição (início/fim, fim/início do verso) mas as funções (substantivo/verbo) permanecem, a indicar — no dinamismo da expressão — o ser que muda numa situação que não muda.

Para essa mentalidade, "a mais generosa das verdades" não é a idéia, mas "a Beleza". Sendo muitas vezes o oposto, a verdade não precisa ser "generosa": basta ser objetiva. Ora, a idéia é uma verdade objetivável que pode proporcionar um prazer, mas visa especificamente ao conhecimento. A beleza só pode ser uma "verdade generosa" porque proporciona não um conhecimento, mas um prazer. Puro hedonismo, em sua expressão mais plena:

Não é preciso crer nas cousas, basta amá-las,
Sendo que amar é muito mais que crer...

Portanto, um auto-abandono aos instintos, ao prazer despreocupadamente fruído em estado de "distração", dispensando a investigação, "Longe do Pensamento e do Desejo", e reforçado pelo "pavor tenebroso de pensar", que nega pelas decepções aquele "sutil" prazer intelectual adolescente:

Na árvore amarga da Meditação,
A sombra é triste e os frutos têm venenos.

Como que se apercebendo do contra-senso que é recomendar a distração, em outras passagens o poeta como que a condena. Uma, quando satiriza os liliputianos de caráter, a erguer "insidiosas e inúteis emboscadas / Ao passo distraído e imenso dos gigantes" — contra aqueles "seres raros, de divinas / Intenções e humaníssimas virtudes", entre os quais o poeta naturalmente se incluía a si mesmo; outra, quando constata que "misteriosas / Influências humanas" ou "insensíveis / Contágios de alma que não percebemos", e que são "Frias fatalidades traiçoeiras", emergem do cenário morto de certas velhas casas "E se vão infiltrando, lentamente, / Na alma dos visitantes distraídos..." Nessas duas típicas situações, ambas relacionadas com a traição, é claro que o homem precisa estar atento: na primeira, ele pode ser devorado por um inimigo do presente; na segunda, por um fantasma do passado. Distraído, "não perceberá" nem um nem outro.

Essas posições opostas quanto à distração do espírito reafirmam o dilema do poeta, oscilando entre o sensorialismo, quando a recomenda, e o racionalismo, quando a condena.

O instinto e a imaginação, associados assim ao sentimento, se encarregam — se não de solucionar — ao menos de desviar ou amenizar os problemas da existência. A inteligência é associada ao que não se conhece e por isso não se alcança: aí o poeta evoca o "pudor da razão", através da *ironia.* Em seu projeto de *Diário,* ele a definiu assim: [11]

> *Ironia... ironia... Um sorriso constrangido da Dúvida; uma defesa da ignorância... uma dignidade despeitada do pensamento; um pudor da Razão.*

Não obstante a insinuação da inconsciência como estado inocente para a felicidade, jamais a admissão da ignorância como estado intelectual; não obstante o registro das penas decorrentes da sondagem cognitiva, só esporadica-

---

[11] LEONI, Raul de. "Fragmentos — Do jogo". In: *A Manhã.* Suplemento *Autores e Livros* nº 15. Rio, 23.11.1941.

mente a confissão da impotência da razão diante dos enigmas do mundo. No mesmo soneto em que investiu contra a inteligência, confessou:

Pensei demais e, agora, apenas sei
Que tudo que eu pensei estava errado...

Como um duplo sintoma, o soneto se chama "Última canção do homem" e é o penúltimo do livro. Pode ser lido como um pressentimento do fim. A decepção talvez seja menos com a inteligência e a razão do que com a própria condição humana. E é essa decepção, expressa na freqüência de termos como "melancolia", "desolação", "nostalgia" e outros equivalentes, que o deixa naquele estado de espírito — o poético estado descrito no já citado "Noturno" — que talvez seja o que melhor o define: "doente do Além".

Mas essa dignidade racional se manifesta não tanto pela exploração poética da ironia — embora proclamada com alguma freqüência, não há ironia em nenhum de seus versos — e sim pela sua *recomendação.* Diz que colheu "as flores do destino humano / Nos jardins atenienses da ironia..." Mas não ironiza. Num outro poema, recomenda "um gesto irônico ao que não alcanças". Só que ele mesmo, em sua poesia, jamais sequer esboçou esse gesto. Ao invés da ironia, que implica um reconhecimento da impotência, ele opta por um *desprezo* ao inatingível, o que oculta o motivo da frustração:

Mas se conforta muito mais, talvez,
Na alegria das belas aparências,
Que na contemplação das idéias eternas.

Eis aí mais uma sobreposição do instinto hedonista à curiosidade filosófica — o desfrute das aparências e não a sondagem das idéias: entre essas "belas aparências" ou entre "as formas aparentes", oculta-se "o alto prazer", que é mesmo o que ele busca.

No lugar do discurso analítico, a prática racional como poética mais saliente em Leoni é justamente a da *recomendação de um comportamento*, autorizada e legitimada por um conhecimento previamente admitido. Diante de algumas das mais graves situações da existência, ele se dirige diretamente ao leitor, de preferência no modo imperativo, aconselhando uma atitude. Nesses momentos, sim: ele se investe na condição de portador de um *saber*, que o credencia a sugerir e a aconselhar, apontando, se não uma solução, ao menos um caminho, sempre ao largo da curiosidade intelectual. Ao invés da análise filosófica, o informe pedagógico. Assim, ele sugere:

em face do Ideal inatingível — a compensação:

Fia na primavera, entre as amoras,
A tua seda de ouro, que nem usas
Mas que faz tanto bem a tanta gente...

em face do desejo do conhecimento do ser — o retraimento:

Não aprofundes nunca, nem pesquises
O segredo das almas que procuras:
(...)
Contenta-te com amá-las,

em face das provocações do sonho — a prudência:

Defende-te em segredo,
E lembra, a cada instante e a cada dia,
O que sempre acontece e aconteceu:

em face do declínio físico e espiritual — o recato:

Faze a tua sagrada penitência,
Fecha-te num silêncio superior,
Mas não mostres a tua decadência
Ao mundo que assistiu teu esplendor!

em face da exposição das próprias idéias — a sinceridade:

Crê bem nelas primeiro, sofre-as bem,
Faze com que elas vivam na tua alma,
Na mais sincera intimidade do teu Ser!

em face da angústia da identidade — o relativismo:

Duas almas deves ter...
É um conselho dos mais sábios:
Uma, no fundo do ser,
Outra, boiando nos lábios...

em face do ser que se supõe autônomo — a conformação:

...deves sempre conservar-te
Nas confluências do mundo errante e vário,
Entre forças que vêm de toda parte.

em face do desejo de saber — a experienciação:

É preciso que tenhas algum dia
Escapado da Vida para o sonho
E voltado do sonho para a vida.

em face do ideal de felicidade — o desprendimento:

Procura o espaço livre e as macias alfombras
E vive sem pensar!

em face dos desafios do cotidiano — a dignidade:

Pratica os teus sentidos nobremente
Na sensação das cousas belas e harmoniosas,

em face da indefinição das cousas — a afetividade:

Ama-as embora, porque o teu prazer
Lhes dará a mais viva das verdades!

em face da ingratidão — a resignação:

Escuta: pelo bem que tu fizeres,
Espera todo o mal que não farias!

em face do desejo de auto-afirmação — a indiferença:

Deixa-te ser!... e vive distraído
Do enigma eterno sobre que repousas,
Sem nunca interpretar o seu sentido!

em face das controvérsias existenciais — a adaptação:

Interpreta a existência com a medida
Do teu Ser!

em face do mistério do ser — a desistência:

Não sofras mais à espera das auroras
Da suprema verdade a aparecer:

em face do desejo de bem — a naturalidade:

...E vive assim... Como filosofia
O prazer, como glórias e esperanças
Uma vida espontânea e correntia
E um gesto irônico ao que não alcanças!

Em todas essas 16 recomendações — mais fundadas numa ideologia do que numa filosofia — para situações dilemáticas, que praticamente resumem o universo psico-social do ser humano, o que constatamos é a presença e a voz do espírito clarividente a aconselhar (com a óbvia exceção do relativismo) uma atitude altamente ética diante do outro e pragmática diante de si mesmo, com dois objetivos comuns, correspondentes às duas metas freudianas da felicidade: a negativa — poupar o homem do sofrimento; e a positiva — mostrar-lhe a senda do prazer.[12] E que se fundem num só: a

---

[12] Cf. FREUD, Sigmund. *O mal-estar na civilização.* Rio, Imago, 1974. Tradução de José Octávio de Aguiar Abreu.

conquista do bem-estar. Para tanto, ele admite até mesmo desviar-se da ética no rumo de um cinismo evidente, fundado no relativismo, como ao recomendar a adoção de uma segunda alma:

Salamandra furta-cor,
Que muda ao menor rumor
Das folhas pelas devesas;
Alma que nunca se exprime,
Que é uma caixa de surpresas
Nas mãos dos homens prudentes;
Alma que é talvez um crime,
Mas que é uma grande defesa.

Esta segunda alma é aquela "Moeda falsa da vida / Que vale só porque soa" — e não precisamos acrescentar mais nada.

Deste modo, o poeta procura fundir os componentes sensorial e racional do ser humano, porque funde também nossa herança cultural com nosso condicionamento natural: a cidade que celebra (já dissemos que a cidade é ele mesmo) é "Filha da Natureza e da Razão". A fusão destes dois pólos é recorrente em toda a obra, até o ponto da repetição: no "Pórtico", Atenas vive "na volúpia e na sabedoria"; no poema seguinte, também dedicado a outra cidade-ele mesmo, Florença é uma "Flor de Volúpia e de Sabedoria" — fusão que ele definiu magnificamente como uma "harmonia ambígua", porque ora tende ao racionalismo, ora ao hedonismo, que afinal predomina.[13] É nessa simbiose, nessa "dúvida flutuante" em que "abuso do equilíbrio", que ele tenta se equilibrar: num soneto sugestivamente intitulado de "Maquiavélico", sua alma "sente e pensa (...) Com a perfídia elegante de um sofista..." Noutro, protagonizado por um ícone equivalente, "Mefisto", declara-se: "Comigo mesmo, cínico e confuso, / Minha alma

---

[13] Nos poemas da adolescência, não se encontra nem a distração do espírito nem a recomendação de um comportamento.

é um sofisma espiralante". Mas o "Pórtico" já se encerra com uma explícita sobreposição do paganismo ao cristianismo: ele sai para o mundo "Sorrindo da palavra nazarena".

No desdobramento da temática e da ideologia introduzidas no poema de abertura, sua linha de pensamento se inclina, portanto, no sentido da predominância do sensorialismo sobre o racionalismo. Permanece o paganismo do desfrute descompromissado da existência e, ainda que admita e corteje o cristianismo, o que ele reivindica se define à margem da ortodoxia e do dogmatismo, para abrigar a felicidade terrena:

Sonho um cristianismo singular
Cheio de amor divino e de prazer humano;

Até o cristianismo, na sua concepção, se orienta para o hedonismo: "a sonhar / Na orla florida e azul de um lago italiano", com "Um pequeno mosteiro em meio de um pomar", praticado "entre loureiros-rosa e vinhas de todo o ano", vivenciado "sem renúncia e sem martírios" bem como "*sem a pureza melancólica* dos lírios" e "Onde a Virtude não precisasse ser triste". Ou seja: um cristianismo "que não existe".

O pragmatismo contamina a filosofia leoniana de ideologia. Observe-se que, se há apenas um poema de amor em *Luz mediterrânea,* não há um só que se pudesse chamar de social. São todos (no sentido pleno da palavra) ideológicos, como exposições de idéias sobre a vida, sobre a condição humana, sobre si mesmo, sobre a poesia, mas indissoluvelmente vinculadas à sua posição social — idéias de um indivíduo bem situado no mundo e que, a partir disso, podia dedicar seu tempo existencial às atividades do espírito. Os problemas que infernizam o dia-a-dia de um homem comum (ou mesmo a de um poeta como Cruz e Sousa) jamais o afetaram e, talvez por isso, jamais o provocaram ao verso. Logo no "Pórtico" — que é seu melhor auto-retrato poético e por isso mesmo está no pórtico — ele afirma que seu pensamento livre "se achega / De ideologias claras e espontâneas". Com exceção daquela que não se autonomeia, as ideologias são realmente claras, mas espontâneas não: elas são mesmo penosamente construídas, atentas sobretudo ao princípio da não-contradição. Assim, o espontaneísmo que Leoni reivindica para a ideologia acaba desfigurando também a sua, que se oferece difusamente e com todas as ambigüidades apontadas. Ora, não-filosófico, não-ideológico por natureza é o instinto — a mais espontânea das reações humanas. E mesmo animais.

Uma tal concepção da vida humana destrói qualquer pretensão de poesia filosoficamente elaborada: o que resulta dessa elaboração mental não é uma proposta racional para a explicação/compreensão do universo e da existência mas, ao contrário, uma recusa do seu questionamento pela sua inutilidade e pelos sofrimentos que pode acarretar, subsumido numa postura ética/pragmática para o seu mais pleno desfrute — tudo isso idealizado e cristalizado na sedutora forma de "Um bailado de frases a cantar", ou seja: o poema. Só podíamos considerá-la filosófica se considerássemos a antifilosofia desse instintivismo hedonista como uma filosofia — a *sua* particular filosofia, a qual, mais do que analítica, é "meiga". No *Diário do espírito,* escreveu: "Preferimos sempre a filosofia do nosso temperamento..."[13]

Nesse sentido, é.

Mas não precisava.

O que realça mais ainda o alto valor literário desta bela poesia — uma das raras unanimidades críticas da poesia brasileira.

Rio, setembro de 1999.

[13] Loc. cit., p. 115.

Cronologia da vida e da obra de Raul de Leoni

1895 — Nasce em Petrópolis, no Estado do Rio de Janeiro, Raul (de) Leoni Ramos, a 30-10. Filho de Augusta Vilaboim Ramos e Carolino de Leoni Ramos, Ministro do Supremo Tribunal.

1903 — Inicia o curso primário no Colégio Abílio, em Niterói.

1912 — Matricula-se na Faculdade Livre de Direito, no Rio.

1913 — Viaja à Europa, a 9-4, passando por Inglaterra, França, Itália, Espanha e Portugal.

1914 — Regressa ao Rio. Inicia colaboração nas revistas *Fon-Fon* e *Para Todos*.

1916 — Conclui o curso de Direito, formando-se Bacharel em Ciências Jurídicas e Sociais.

1918 — Nomeado, a 13-3, por Nilo Peçanha, seu padrinho de crisma e Ministro das Relações Exteriores do governo Wenceslau Brás, para o cargo de 2º Secretário da Legação do Brasil em Cuba, mas desiste e regressa da Bahia.

1919 — Estréia com a plaquete *Ode a um poeta morto*, poemeto dedicado a memória de Olavo Bilac, que morrera no ano anterior.

— Passa a colaborar também em *O Jornal*, *Jornal do Commercio* e *Jornal do Brasil*.

— Recusa novo convite diplomático para o mesmo cargo, no Vaticano, mas aceita para Montevidéu, onde permanece por apenas três meses, de fevereiro a abril.

— Eleito Deputado à Assembléia do Estado do Rio de Janeiro.

1920 — Num baile no Itamaraty, conhece Ruth Soares de Gouvêa.

1921 — Casa-se com Ruth, a 6-4. O casal vai morar na Rua das Paineiras, no Rio.

1922 — Publica *Luz mediterrânea.*

— Passa a colaborar no jornal *O Dia.*

— Publica (?) em *O Jornal* o artigo "Marinetti", posicionando-se em face do modernismo universal.

1923 — Contrai tuberculose e se retira para Correias, depois Itaipava, então distrito de Petrópolis. Documento da Embaixada do Brasil no Uruguai concede-lhe, no entanto, autorização para "vir ao Rio com licença tratamento de saúde" já em 1919.

— Licencia-se de um emprego numa Companhia de Seguros.

1925 — Nasce seu filho Luciano, que morreria em 1929.

1926 — Morre de fimatose, na Vila Serena, Itaipava, a 21-11. Enterrado no dia seguinte à sombra do Cruzeiro das Almas, Petrópolis.

A 12.11.1928, lhe seria erguido um mausoléu, em forma de lira, com uma virgem de bronze a chorar pelo poeta. E este epitáfio: *A Raul de Leoni, "Semeador de Harmonia e de Beleza".*

Ruth, que permaneceu viúva até à morte, destruiu, a pedido do poeta, vários textos inacabados.

ODE
A UM POETA MORTO

À memória
de Olavo Bilac.

ODE A UM POETA MORTO

Semeador de harmonia e de beleza
Que num glorioso túmulo repousas,
Tua alma foi um cântico diverso,
Cheio da eterna música das cousas:
Uma voz superior da Natureza
E uma idéia sonora do Universo!

Onde passaste, ao longo das estradas,
Linhas de imagens rútilas e vivas,
Em filigrana,
Foram tecendo, como o olhar das fadas,
Nas mais nobres e belas perspectivas,
O panorama dos ideais da Terra
E a ondulante paisagem da alma humana.

Toda a emoção, que anda nas cousas, fala,
Nos seus diversos tons e reflexos e cores,
Pela tua palavra irisada de opala,
Feita de radiações e finas tessituras:
Desde a vida sutil da borboleta
À alma leve das águas e das flores,
À exaltação do Sol e ao sonho das criaturas:
Toda a sensualidade esparsa do Planeta.

Freme em tua arte o sangue de Dionisos,
Diluído nas virtudes apolíneas;
E do seu seio voluptuoso chovem

Alvas formas pagãs, ardentes frisos,
Baixos-relevos, camafeus, sangüíneas,
Numa palpitação de carne jovem.

Desfolhando um esplêndido destino,
A tua mão teve, por sentimento,
A sutileza platônica e a doçura
De um florentino do Renascimento,
Que, atormentado de ímpetos românticos,
Trabalhasse em esmalte do Piemonte,
Contendo no cinzel lascivo e fino
O sonho capitoso de Anacreonte
E o lirismo sensual do Cântico dos Cânticos.

Vieste de longe para longe. A tua
Alma encarnou-se em outras entidades,
Em outros povos, tempos e países,
E, deslumbrante, continua,
Plástica, móvel, irisada e nua,
A longa emigração pelas idades,
Deixando atrás de si seus frutos e raízes.

Foste o Homem de sempre, no prestígio
De poeta sensualista, atravessando as eras.
Por toda parte encontro o teu vestígio:
Um dia, na Índia védica, sonhando
No limiar das eternas primaveras,
— As mãos cheias de rosas e ametistas —
Fazes oblatas líricas e votos
Aos poderosos gênios avatares
E escreves os teus poemas animistas
Na folha dos nelumbos e dos lótus,
Na flor sonâmbula dos nenufares...
E os teus versos, nos quais um grande sonho abranges,
Vão descendo a cantar na corrente do Ganges.

Depois, pastor na Argólida ou no Epiro,
Vivendo entre os rebanhos, em retiro,
Ao luar, sobre as montanhas, passo a passo
Vais contando as estrelas pelo espaço,
E a sonata sutil da tua avena
Tem o sabor do favo das abelhas
E a melodia simples e serena
Da alma dócil e errante das ovelhas.

Mais tarde, na Tessália, entre as selvas e os rios,
Companheiro dos sátiros vadios,
Modulas o teu canto surpreendente,
E vais buscar o som das tuas rimas
No intermezzo das fontes, ao nascente,
Na canção das águas frescas,
Na orquestração nostálgica dos ventos,
No tropel dos centauros truculentos,
Nas gargalhadas faunescas,
Na púrpura radiante das vindimas.

Mal doura o sol a folha das videiras
E ouves o ruído das primeiras frautas,
Sais a espreitar, horas e horas,
Sobre a areia de prata das ribeiras,
As oréadas trêfegas e incautas,
De braços entrelaçados,
Urdindo a teia de ouro das auroras,
Na fantasmagoria dos bailados.

Reapareces, depois de vidas tantas,
Com o mesmo coração sonoro e imenso,
Dentro das cortes bíblicas e cantas,
Na harpa esguia e ritual, entre espirais de incenso,
As vitórias dos reis e as searas benditas,
As lendas do Jordão e o olhar das moabitas.

Voltas ainda à Grécia, onde pertences
Ao povo e és o poeta da cidade.
Honras a velha raça dos rapsodos;
A tua voz tem a sublimidade
Do perfume dos parques atenienses:
E é uma expressão da pátria e o evangelho de todos.

Trazes mirtos e pâmpanos na fronte;
Entoas hinos a Fébus
E bailas, com Anacreonte,
No arabesco da ronda dos efebos.

Depois, em Mitilene, és o único homem
Nessa ilha extravagante das mulheres.
Lá os epitalâmios que proferes,
Entre ruídos de crótalos e taças,
Sobem no ar e se consomem;
Despertam novos desejos,
E consegues possuir para os teus beijos
A própria Safo numa noite — e passas.

Vais a Roma, no vértice do Império,
Onde a predileção do césar te conforta.
Dão-te em Tíbur estâncias e domínios;
Vais a Capri na corte de Tibério;
Instalas teu palácio no Aventino;
Tens eunucos etíopes à porta
E liteiras de estofo damasquino.
És a alma delirante dos triclínios;
Exortas os circenses sobre vícios;
Cantas no banho azul das cortesãs cesáreas;
És íntimo nos tálamos patrícios,
Onde os teus versos sacros e profanos
São guardados nas urnas legendárias
Em custosos papiros africanos.

Mais tarde, já na idade alexandrina,
De novo, a terra helênica conquistas,

E, poeta irônico e brando,
No tom fresco e loução dos idilistas,
Passas cantando
As canções que Teócrito te ensina.

Revejo-te, depois, indiferentemente,
Em Córdoba, em Bagdá, quase em segredo,
No teu destino ideal de citaredo:
Cantor do califado, entre os tesouros
Do Islamismo e os mistérios do Oriente.
Dormes no harém real e vais às guerras.
Continuando de seres, entre os mouros,
O mesmo de outro tempo em outras terras.

Na Germânia feudal encontras, nas distâncias,
Um bando de harmonias que comunguem
Com o teu coração de poeta heleno.
Murmura-te no ouvido, em ressonâncias,
A legenda pagã dos "Niebelungen".
És todo o amor das castelãs do Reno
E a tua voz de "minnesinger" se ergue
Ora veemente e funda, ora em trêmulos suaves:
Com "Tannhäuser" visita "Venusberg"
E canta nos castelos dos margraves.

Mais adiante,
Renasces na Florença azul da "Senhoria".
Florença eleva na canção dos sinos
A sua alma de Vênus e Maria.
É um sonho de amor nos Apeninos.
A cidade das flores e dos poetas,
Das paixões elegantes e discretas,
Das fontes, dos jardins e das duquesas,
Das obras-primas e das sutilezas.
É todo um povo amável que se anima
E que a amar e a sorrir, da alvorada ao sol posto,
Faz da Vida uma obra-prima
De sensibilidade e de bom gosto...

Há guirlandas votivas,
De acantos e de louros pelas ruas!
O Grande Pã voltou! As formas vivas
Da Grécia emergem, fúlgidas e nuas!
Nas casas senhoriais e nas vilas burguesas,
Toda a gente, animada de surpresas,
Aprende o homérico idioma,
Entretém-se de Erasmo e de Bocácio,
De humanistas e letrados,
E dos últimos mármores achados
Sob a poeira católica de Roma.

Nos belvederes do Arno andam as grandes damas:
Smeralda, Lucrezia, Simonetta,
Entre rosas, sorrisos e epigramas...
Botticelli olha o céu azul violeta;
Lê-se Platão nos templos: e eu te vejo,
Sereno e lindo,
Diante do "Ponte-Vecchio", num cortejo,
Dizendo aos príncipes sonetos de ouro
E Lourenço de Médicis te ouvindo!

Compões ainda com teu gênio afoito,
Na forma antiga que se cristaliza,
Certos versos do século dezoito,
Quando Watteau pintava, em plena primavera,
O "Embarque" para Citera
E Rousseau escrevia a Nova Heloísa.

Poeta cosmopolita, alma moderna,
Com Lecomte e Banville, em Paris de setenta,
Buscas nas viagens teus motivos de arte,
Fazes o inverno em Nice e o verão em Lucerna
E a tua sombra cíclica se ostenta
Nos salões de Matilde Bonaparte.

***

Na amplitude geral do teu abraço:
— Fora do Tempo e do Espaço,
Na Humanidade e no Mundo —
Vejo-te sempre presente
Onde há um homem que sente
Que a vida é um sentimento esplêndido e profundo!
As almas como a tua, a quem nas fite,
Transmitem a emoção da vida soberana.

Seja onde for se pode compreendê-las,
Porque, sem fim, sem pátria e sem limite,
Têm no conceito eterno da alma humana
A universalidade das estrelas.
Se a Humanidade fosse feita delas,
Na dúvida em que não cabe
E em que se estreita,
Talvez não fosse mais feliz, quem sabe?
— Mas seria mais bela e mais perfeita...

Dignificaste a Espécie, na nobreza
Das grandes sensações de Harmonia e Beleza;
Disseste a Glória de viver, e, agora,
O teu eco a cantar pelos tempos em fora,
Dirá aos homens que o melhor destino,
Que o sentido da Vida e o seu arcano
É a imensa aspiração de ser divino,
No supremo prazer de ser humano!

LUZ
MEDITERRÂNEA

PÓRTICO

Alma de origem ática, pagã,
Nascida sob aquele firmamento
Que azulou as divinas epopéias,
Sou irmão de Epicuro e de Renan,
Tenho o prazer sutil do pensamento
E a serena elegância das idéias...

Há no meu ser crepúsculos e auroras,
Todas as seleções do gênio ariano;
E a minha sombra amável e macia
Passa na fuga universal das horas,
Colhendo as flores do destino humano
Nos jardins atenienses da Ironia...

Meu pensamento livre, que se achega
De ideologias claras e espontâneas,
É uma suavíssima cidade grega,
Cuja memória
É uma visão esplêndida na história
Das civilizações mediterrâneas.

Cidade da Ironia e da Beleza,
Fica na dobra azul de um golfo pensativo,
Entre cintas de praias cristalinas,
Rasgando iluminuras de colinas,
Com a graça ornamental de um cromo vivo:
Banham-na antigas águas delirantes,
Azuis, caleidoscópicas, amenas,

Onde se espelha, em refrações distantes,
O vulto panorâmico de Atenas...

Entre os deuses e Sócrates assoma
E envolve na amplitude do seu gênio
Toda a grandeza grega a que remonto;
Da Hélade dos heróis ao fim de Roma,
Das cidades ilustres do Tirreno
Ao mistério das ilhas do Helesponto...

Cidade de virtudes indulgentes,
Filha da Natureza e da Razão,
— Já eivada da luxúria oriental, —
Ela sorri ao Bem, não crê no Mal,
Confia na verdade da Ilusão
E vive na volúpia e na sabedoria,
Brincando com as idéias e com as formas...

No passado pensara muito e, até,
Tentara penetrar o mundo das essências,
Sofrera muito nessa luta inútil,
Mas, por fim, foi perdendo a íntima fé
No pensamento, e agora pensa ainda,
Numa serenidade indiferente,
Mas se conforta muito mais, talvez,
Na alegria das belas aparências,
Que na contemplação das idéias eternas.

Cidade amável em que a vida passa,
Desmanchando um colar de reticências:
Tem a alma irônica das decadências
E as cristalizações de um fim de raça...

Conserva na memória dos sentidos
A expressão das origens seculares,
E entre os seus habitantes há milhares
Descendentes dos deuses esquecidos;
Que os demais todos têm, inda bem vivo,

Na nobre geometria do seu crânio
O mais puro perfil dólico-louro...

Os deuses da cidade já morreram...
Mas, amando-os ainda, alegremente,
Ela os tem no desejo e na lembrança;
E foi a ela (é grande o seu destino!)
Que Juliano, o Apóstata, expirando,
Mandou a sua última esperança
Pela boca de Amniano Marcelino...

Cidade de harmonias deliciosas
Em que sorrindo à ronda dos destinos,
Os homens são humanos e divinos
E as mulheres são frescas como as rosas...

Jardins de perspectivas encantadas
— Hermas de faunos nas encruzilhadas —
Abrem ao ouro do sol leques de esguias
Alamedas: efebos, poetas, sábios
Cruzam-nas, dialogando, suavemente,
Sobre a mais meiga das filosofias,
Fímbrias de taças lésbias entre os lábios
E emoções dionisíacas nos olhos...

Como são luminosos seus jardins
De alegres coloridos musicais!
No florido beiral dos tanques, debruados
De rosas e aloés e anêmonas e mirtos,
Bebem pombas branquíssimas e castas,
E finalmente límpidas e trêmulas,
Irisadas, joviais e transparentes,
As águas aromáticas, sorrindo,
Tombam da boca austera dos tritões,
Garganteando furtivos ritornelos...

Dentro a moldura em fogo das auroras,
Pelas praias de opala e de ouro, antigas,

Na maciez das areias, em coréias,
Bailam rondas sadias e sonoras
De adolescentes e de raparigas,
Copiando o friso das Panatenéias...

Na orla do mar, seguindo a curva ondeante
Do velho cais esguio e deslumbrante,
Quando o horizonte e o céu, em lusco-fusco,
Somem na porcelana dos ocasos,
Silhuetas fugitivas
De lindas cortesãs de Agrigento e de Chipre,
Como a sonhar, olham, perdidamente,
A volta das trirremes e das naves,
Que lhes trazem o espírito do Oriente,
Em pedrarias, lendas e perfumes...

Então, ondulam no ar diáfano e fluente
Suavidades idílicas, acordes
De avenas, cornamusas e ocarinas
Que vêm de longe, da alma branca dos pastores,
Trazidas pelos ventos transmontanos
E espiritualizadas em surdinas...

Terra que ouviu Platão antigamente...
Seu povo espiritual, lírico e generoso,
Que sorri para o mundo e para os seus segredos,
Não ouve mais o oráculo de Elêusis,
Mas ama ainda, quase ingenuamente,
A saudade gloriosa dos seus deuses,
Nas canções ancestrais dos citaredos
E nos epitalâmios do nascente...

Seus filhos amam todas as idéias,
Na obra dos sábios e nas epopéias;
Nas formas límpidas e nas obscuras,
Procurando nas cousas entendê-las
— Fugas de sentimento e sutileza —

E as entendem na própria natureza,
Ouvindo Homero no rumor das ondas,
Lendo Platão no brilho das estrelas...

Seus poetas, homens fortes e serenos,
Fazem uma arte régia, aguda e fina,
Com a doçura dos últimos helenos
Estilizada em ênfase latina...

E os velhos da cidade, suaves poentes
De radiantes retores e sofistas,
Passam, olhando as cousas e as criaturas,
Com piedosos sorrisos indulgentes,
Em que longas renúncias otimistas
Se vão abrindo, entre ironias puras,
Sobre todos os sonhos do Universo...

Revendo-se num século submerso,
Meu pensamento, sempre muito humano,
É uma cidade grega decadente,
Do tempo de Luciano,
Que, gloriosa e serena,
Sorrindo da palavra nazarena,
Foi desaparecendo lentamente,
No mais suave crepúsculo das cousas...

FLORENÇA

Manhã de outono...
Través a gaze fluída da neblina,
Teu panorama, trêmulo, hesitante,
Se vai furtivamente desenhando,
Na alva doçura de uma renda fina...

Do florido balcão de San Miniato,
Como num cosmorama imaginário,
Vejo aos poucos despir-se o teu cenário,
Dentro de um sereníssimo aparato...

Em tons de madrepérola cambiante,
Ao reflexo de um íris fugidio,
Sob o ar transparente e o céu macio,
Abre-se em luz a concha colorida
Do vale do Arno...

Longe, onde a névoa azul se dilui sobre as linhas
Amáveis das colinas,
Em caprichosas curvas serpentinas
De oliveiras em flor, de olmeiros e de vinhas,
De pinheiros reais e amendoeiras tranqüilas,
Fiésole, bucólica e galante,
Mostra, numa expressão fresca de tintas,
O esmalte senhorial das suas vilas
E o cromo pastoril das suas quintas,
Dentro dos bosques do Decameron...

Surgem zimbórios em mosaico, perfis duros
De arrogantes palácios gibelinos,
Silhuetas de basílicas votivas,
Torres mortas e suaves perspectivas
E o coleio longínquo dos teus muros,
Recortando a moldura azul dos Apeninos...

Teus sinos cantam num prelúdio lento
A elegia das horas imortais;
É a canção do teu próprio sentimento
Na voz sonâmbula das catedrais...

E é, então, que transponho as tuas portas
E ouvindo as tuas ruínas pensativas
Sinto-me em corpo e espírito em Florença:
A mais humana das cidades vivas,
A mais divina das cidades mortas!...

Florença, ó meu retiro espiritual!
Suave vinheta do meu pensamento!
Sempre te amei com o mesmo afeto humano
Dês que tu eras a comuna guelfa
Idealista, rebelde e sangüinária,
Até o dia
Em que tua alma, flor litúrgica e sombria
Do espírito cristão,
Fugindo do "Jardim das Escrituras",
Foi, para ver a luz de outras alturas,
Sentar-se no "Banquete de Platão"!

Nobre e amável Florença!
Doce filha de Cristo e de Epicuro!
Flor de Volúpia e de Sabedoria!
Na tua alma de Vênus e Maria
Há uma estranha harmonia ambígua, indescritível:
A castidade melancólica dos lírios

E a graça afrodisíaca das rosas;
A mansuetude ingênua de Fra Angélico!
E a alegria picante de Bocácio!

Amo-te assim, indefinida e vária!
Casta e viciosa — gótica e pagã,
Harmoniosa entre a Acrópole e o Calvário.

Ó Pátria sereníssima
Das formas puras, das idéias claras;
Das igrejas, das fontes, dos jardins;
Dos mosaicos, das rendas, dos brocados;
Dos coloristas límpidos e meigos;
Das almas furta-cor e da graça perversa;
Da discreta estesia dos requintes;
Dos vícios raros, das perversões elegantes;
Dos venenos sutis e dos punhais lascivos;
Deliciosa no crime e na virtude,
Onde a existência foi uma bela atitude
De sensibilidade e de bom-gosto
E passou pela História, assim, na ronda viva
Meditativa e brilhante
De uma "Fête Galante"!...

***

Trago-te a minha gratidão latina,
Porque foi no teu seio que se fez
Toda a ressurreição da Vida luminosa:
Ó Florença! Florença!
A mais humana das cidades vivas!
A mais divina das cidades mortas!...

MAQUIAVÉLICO

Há horas em que minha alma sente e pensa,
Num tempo nobre que não mais se avista,
Encarnada num príncipe humanista,
Sob o Lírio Vermelho de Florença.

Vejo-a, então, nessa histórica presença,
Harmoniosa e sutil, sensual e egoísta,
Filha do idealismo epicurista,
Formada na moral da Renascença.

Sinto-a, assim, flor amável do Helenismo.
Virtuose — restaurando os velhos mapas
Do gênio antigo, entre exegeta e artista.

E ao mesmo tempo, por diletantismo,
Intrigando a política dos papas,
Com a perfídia elegante de um sofista...

NOTURNO

No parque antigo, a noite era afetuosa e mansa,
Sob a lenda encantada do luar...

Os pinheiros pensavam cousas longas,
Nas alturas dormentes e desertas...
O aroma nupcial dos jasmins delirantes,
Diluindo um cheiro acre de resinas,
Espiritualizava e adormecia
O ar meigo e silencioso...

A ronda dos espíritos noturnos,
Em medrosos rumores,
Gemia entre os ciprestes e os loureiros...

Na penumbra dos bosques, o luar
Entreabria clareiras encantadas,
Prateando o verde malva das latadas
E as doces perspectivas do pomar...

As nascentes sonhavam, em surdina,
Numa tonalidade cristalina,
Monótonos murmurinhos,
Gorgolejos de águas frescas...

Sobre a areia de prata dos caminhos,
A sombra espiritual dos eucaliptos,
Bulindo ao sopro tímido da aragem,
Projetava ao luar desenhos indecisos
Ágeis bailados leves de arabescos,
Farândolas de sombras fugitivas...

E das perdidas curvas das estradas,
De paragens distantes,
Como fantasmas de serenatas,
Ressonâncias sonâmbulas traziam
A longa, a pungentíssima saudade
De cavatinas e mandolinatas...

Lembro-me bem, quando em quando,
Entre as sebes escondidas,
Um insidioso grilo impertinente,
Roendo um som estridente,
Arranhava o silêncio...

No parque antigo, a noite era afetuosa e mansa,
Sob a lenda encantada do luar...

Eu era bem criança e, já possuindo
A sensibilidade evocadora
De um poeta de símbolos profundos,
Solitário e comovido,
No minarete do solar paterno,
Com os pequeninos olhos deslumbrados,
Passei a noite inteira, o olhar perdido,
No azul sonoro, o azul profundo, o azul eterno
Dos eternos espaços constelados...

Era a primeira vez que eu contemplava o mundo,
Que eu via face a face o mistério profundo
Da fantasmagoria universal
No prodígio da noite silenciosa.

Era a primeira vez...
E foi aí, talvez,
Que começou a história atormentada
Da minha alma, curiosa dos abismos,
Inquieta da existência e doente do Além...
Filha da maldição do Arcanjo rebelado...

Sim, que foi nessa noite, não me engano,
— Noite que nunca mais esquecerei —
Que — a alma ainda em crisálida — velando
No minarete do solar paterno,
Diante da noite azul — eu senti e pensei
O meu primeiro sofrimento humano
E o meu primeiro pensamento eterno...

Como fora do Tempo e além do Espaço,
Ser sem princípio, espírito sem fim,
Sofria toda a humanidade em mim,
Nessa contemplação imponderável!

Já nem ouvia o trêmulo compasso
Das horas que fugiam pela noite.
Que os olhos soltos pela imensidade,
Numa melancolia deslumbrada,
Imaginando coisas nunca ditas,
Todo eu me eterizava e me perdia
Na idéia das esferas infinitas,
Na lenda universal das distâncias eternas...

No parque antigo, a noite era afetuosa e mansa,
Sob a lenda encantada do luar...

Foi nessa noite antiga
Que se desencantou para a vertigem
A suave virgindade do meu ser!

Já a lua transmontava as cordilheiras...
Cães ladravam ao longe, em sobressalto;
No pátio das mansões, na granja das herdades,
O cântico dos galos estalava,
Desoladoramente pelos ares,
Acordando as distâncias esquecidas...

E, então, num silencioso desencanto,
Eu fui adormecendo lentamente,
Enquanto
Pela fria fluidez azul do espaço eterno
Em reticências trêmulas, sorria
A ironia longínqua das estrelas...

HISTÓRIA DE UMA ALMA

I

ADOLESCÊNCIA

Eu era uma alma fácil e macia,
Claro e sereno espelho matinal
Que a paisagem das cousas refletia,
Com a lucidez cantante do cristal.

Tendo os instintos por filosofia,
Era um ser mansamente natural,
Em cuja meiga ingenuidade havia
Uma alegre intuição universal.

Entretinham-me as ricas tessituras
Das lendas de ouro, cheias de horizontes
E de imaginações maravilhosas.

E eu passava entre as cousas e as criaturas,
Simples como a água lírica das fontes
E puro como o espírito das rosas...

II

MEFISTO

Espírito flexível e elegante,
Ágil, lascivo, plástico, difuso,
Entre as cousas humanas me conduzo
Como um destro ginasta diletante.

Comigo mesmo, cínico e confuso,
Minha vida é um sofisma espiralante;
Teço lógicas trêfegas e abuso
Do equilíbrio na Dúvida flutuante.

Bailarino dos círculos viciosos,
Faço jogos sutis de idéias no ar
Entre saltos brilhantes e mortais,

Com a mesma petulância singular
Dos grandes acrobatas audaciosos
E dos malabaristas de punhais...

III

CONFUSÃO

Alma estranha esta que abrigo,
Esta que o Acaso me deu,
Tem tantas almas consigo
Que eu nem sei bem quem sou eu.

Jamais na Vida consigo
Ter de mim o que é só meu;
Para supremo castigo,
Eu sou meu próprio Proteu.

De instante a instante, a me olhar,
Sinto, num pesar profundo,
A alma a mudar... a mudar...

Parece que estão, assim,
Todas as almas do Mundo,
Lutando dentro de mim...

IV

SERENIDADE

Feriram-te, alma simples e iludida.
Sobre os teus lábios dóceis a desgraça
Aos poucos esvaziou a sua taça
E sofreste sem trégua e sem guarida.

Entretanto, à surpresa de quem passa,
Ainda e sempre, conservas para a Vida
A flor de um idealismo, a ingênua graça
De uma grande inocência distraída.

A concha azul envolta na cilada
Das algas más, ferida entre os rochedos,
Rolou nas convulsões do mar profundo;

Mas inda assim, poluída e atormentada,
Ocultando puríssimos segredos,
Guarda o sonho das pérolas no fundo.

FELICIDADE

I

Sombra do nosso Sonho ousado e vão!
De infinitas imagens irradias
E, na dança da tua projeção,
Quanto mais cresces, mais te distancias...

A Alma te vê à luz da posição
Em que fica entre as cousas e entre os dias:
És sombra e, refletindo-te, varias,
Como todas as sombras, pelo chão...

O Homem não te atingiu na vida instável
Porque te embaraçou na filigrana
De um ideal metafísico e divino;

E te busca na selva impraticável,
Ó Bela Adormecida da alma humana!
Trevo de quatro folhas do Destino!...

II

Basta saberes que és feliz, e então
Já o serás na verdade muito menos:
Na árvore amarga da Meditação,
A sombra é triste e os frutos têm venenos.

Se és feliz e o não sabes, tens na mão
O maior bem entre os mais bens terrenos
E chegaste à suprema aspiração,
Que deslumbra os filósofos serenos.

Felicidade... Sombra que só vejo,
Longe do Pensamento e do Desejo,
Surdinando harmonias e sorrindo,

Nessa tranqüilidade distraída,
Que as almas simples sentem pela Vida,
Sem mesmo perceber que estão sentindo...

CREPUSCULAR

Poente no meu jardim... O olhar profundo
Alongo sobre as árvores vazias,
Essas em cujo espírito infecundo
Soluçam silenciosas agonias.

Assim estéreis, mansas e sombrias,
Sugerem à emoção com que as circundo
Todas as dolorosas utopias
De todos os filósofos do mundo.

Sugerem... Seus destinos são vizinhos:
Ambas, não dando frutos, abrem ninhos
Ao viandante exânime que as olhe.

Ninhos, onde vencidas de fadiga,
A alma ingênua dos pássaros se abriga
E a tristeza dos homens se recolhe...

HISTÓRIA ANTIGA

No meu grande otimismo de inocente,
Eu nunca soube porque foi... um dia,
Ela me olhou indiferentemente,
Perguntei-lhe por que era... Não sabia...

Desde então, transformou-se, de repente,
A nossa intimidade correntia
Em saudações de simples cortesia
E a vida foi andando para a frente...

Nunca mais nos falamos... vai distante...
Mas, quando a vejo, há sempre um vago instante
Em que seu mudo olhar no meu repousa,

E eu sinto, sem no entanto compreendê-la,
Que ela tenta dizer-me qualquer cousa,
Mas que é tarde demais para dizê-la...

ARTISTA

Por um destino acima do teu Ser,
Tens que buscar nas cousas inconscientes
Um sentido harmonioso, o alto prazer
Que se esconde entre as formas aparentes.

Sempre o achas, mas ao tê-lo em teu poder
Nem no pões na tua alma, nem no sentes
Na tua vida, e o levas, sem saber,
Ao sonho de outras almas diferentes...

Vives humilde e inda ao morrer ignoras
O Ideal que achaste... (Ingratidão das musas!)
Mas não faz mal, meu bômbix inocente:

Fia na primavera, entre as amoras,
A tua seda de ouro, que nem usas
Mas que faz tanto bem a tanta gente...

INGRATIDÃO

Nunca mais me esqueci!... Eu era criança
E em meu velho quintal, ao sol-nascente,
Plantei, com a minha mão ingênua e mansa,
Uma linda amendoeira adolescente.

Era a mais rútila e íntima esperança...
Cresceu... cresceu... e, aos poucos, suavemente,
Pendeu os ramos sobre um muro em frente
E foi frutificar na vizinhança...

Daí por diante, pela vida inteira,
Todas as grandes árvores que em minhas
Terras, num sonho esplêndido semeio,

Como aquela magnífica amendoeira,
Eflorescem nas chácaras vizinhas
E vão dar frutos no pomar alheio...

TORRE MORTA DO OCASO

Esguia torre ascética, esquecida
Na bruma de um crepúsculo profundo!
És, no mais triste símbolo do mundo,
A renúncia tristíssima da Vida!

Tua existência é um pensamento fundo
Levantado na pedra adormecida:
Bem sentes quanto é inútil e infecundo
O esforço na vertigem da subida!...

Como és profética de longe... quando,
Na moldura do poente de ouro e rosa,
Interpretando todos os destinos,

Vais por todos os ventos espalhando
Tua filosofia dolorosa,
Na balada sonâmbula dos sinos!...

MELANCOLIA

Poente!
Estas horas que estão passando, surdamente,
Nunca mais voltarão no tempo imaginário:
No jardim solitário,
Estão-se desfolhando, ingloriamente,
Tantas rosas divinas, a sonhar;
Rosas que poderiam debruar
Leitos de fadas, em guirlandas luminosas,
Emoldurar cabeças de poetas
E que jamais florescerão ante os meus olhos...
Por que, então,
Deixá-las, numa morte inútil e secreta,
Esfolharem-se, assim, anônimas e virgens,
Na sombra do jardim
Sobre a tarde serena?!...
Ah! se eu fosse colhê-las para mim!...

Não vale a pena!

Poente!
Estas horas que estão passando surdamente
Nunca mais voltarão no tempo imaginário!
Na sombra do meu ser profundo e solitário
Tantas idéias límpidas, bailando,
Estão dizendo cousas infinitas...
Idéias que seriam minha história,
Minha imortalidade, minha glória,
E que por certo eu nunca mais encontrarei...

Por que, então,
Vê-las morrer, assim, sem voz, sem serem ditas?!...
Ah! se eu as animasse em palavras, eternas,
De uma vida magnífica e serena!...

Não vale a pena!

E O POETA FALOU...

Afinal, tudo que há de mais nobre e mais puro
Neste mundo de sombras e aparências
Fui eu quem revelou ou concebeu...

Fui a primeira luz neste planeta obscuro!
Fui a suprema voz de todas as consciências!
Fui o mais alto intérprete de Deus!

Dei alma à Natureza indiferente,
Inteligência às cousas, sentimentos
Às forças cegas e automáticas do Cosmos!...

Acompanhei e dirigi os povos
Na sua eterna migração para o Poente;
Levantei os primeiros monumentos
E os primeiros impérios milenários;
Teci as grandes lendas tutelares,
Despertei na memória das criaturas
A sua antiga tradição divina,
Criando as religiões, as fábulas, os mitos
Para iludir a dor universal;
Abri os horizontes infinitos,
Bebi o néctar das primeiras taças,
Plasmei os altos símbolos humanos,
Sutilizei o instinto e imaginei o amor.
Fui a força ideal das civilizações!
O gênio transfigurador da História!
O espírito anônimo dos séculos!
E, harmonioso, profético, profundo,
Passei humanizando as cousas pelo mundo,
Para divinizar os homens sobre a Terra!

SÁTIRA

Também nós, seres raros, de divinas
Intenções e humaníssimas virtudes,
Levando os nossos sonhos para a frente,
— Com a nossa íntima luz desconhecida —
Vamos fazendo quotidianamente,
Pelo mundo das almas pequeninas,
Nossas "Viagens de Gulliver" na Vida.

Liliput... em farândolas grotescas
Os anõezinhos trêfegos, daninhos,
Diabólicos fantoches hilariantes,
Formigando nas estradas,
Bailando pelos caminhos,
Imaginam ridículas ciladas,
Insidiosas e inúteis emboscadas,
Ao passo distraído e imenso dos gigantes...

Eles passam... seu vulto enche os espaços,
E toda Liliput alvoroçada,
— Simples despeitos de anão —
Erguendo em gestos maus todos os braços,
Deita impropérios, maldições, ameaças,
Mas eles vão e vêm e vêm e vão,
Num desprezo triunfal,
Com essa tolerância azul das grandes raças,
Tão ironicamente e mansamente
Que os coitados pigmeus, não lhes tocando
Sequer o calcanhar, contentam-se, afinal,
Com pisar-lhes a sombra indiferente...

A calúnia do anão, pisar as sombras!...

"Por que será, então, que tudo é tão pequeno
Nessa cidadezinha universal?!
As paisagens, as almas, o ideal,
As figuras, a vida, os sentimentos?!"

E, assim pensando, com piedade e com doçura,
Os gigantes, de espírito sereno,
Vão passando, sorrindo, e repassando
Por essa humanidade em miniatura...

Sim, porque é mesmo assim e sempre foi assim:
Quem vai pelo mistério das estradas,
Rumo ao país dos deuses e das fadas,
Por mais que evite ou que lute,
Tem de sempre passar por Liliput,
Nessas "Viagens de Gulliver" da Vida...

A HORA CINZENTA

Desce um longo poente de elegia...
Sobre as mansas paisagens resignadas;
Uma humaníssima melancolia
Embalsama as distâncias desoladas...

Longe, num sino antigo, a Ave-Maria
Abençoa a alma ingênua das estradas;
Andam surdinas de anjos e de fadas
Na penumbra nostálgica, macia...

Espiritualidades comoventes
Sobem da terra triste, em reticência,
Pela tarde sonâmbula, imprecisa...

Os sentidos se esfumam, a alma é essência,
E entre fugas de sombras transcendentes,
O Pensamento se volatiliza...

PRUDÊNCIA

Não aprofundes nunca, nem pesquises
O segredo das almas que procuras:
Elas guardam surpresas infelizes
A quem lhes desce às convulsões obscuras.

Contenta-te com amá-las, se as bendizes,
Se te parecem límpidas e puras,
Pois se, às vezes, nos frutos há doçuras,
Há sempre um gosto amargo nas raízes...

Trata-as assim, como se fossem rosas,
Mas não despertes o sabor selvagem
Que lhes dorme nas pétalas tranqüilas.

Lembra-te dessas flores venenosas!
As abelhas cortejam de passagem,
Mas não ousam prová-las nem feri-las...

AOS QUE SONHAM

Não se pode sonhar impunemente
Um grande sonho pelo mundo afora,
Porque o veneno humano não demora
Em corrompê-lo na íntima semente...

Olhando no alto a árvore excelente,
Que os frutos de ouro esplêndidos enflora,
O Sonhador não vê, e até ignora
A cilada rasteira da Serpente.

Queres sonhar? Defende-te em segredo,
E lembra, a cada instante e a cada dia,
O que sempre acontece e aconteceu:

Prometeu e o abutre no rochedo,
O Calvário do Filho de Maria
E a cicuta que Sócrates bebeu!

PUDOR

Quando fores sentindo que o fulgor
Do teu Ser se corrompe e a adolescência
Do teu gênio desmaia e perde a cor,
Entre penumbras em deliqüescência,

Faze a tua sagrada penitência,
Fecha-te num silêncio superior,
Mas não mostres a tua decadência
Ao mundo que assistiu teu esplendor!

Foge de tudo para o teu nadir!
Poupa ao prazer dos homens o teu drama!
Que é mesmo triste para os olhos ver

E assistir, sobre o mesmo panorama,
A alegoria matinal subir
E a ronda dos crepúsculos descer...

UNIDADE

Deitando os olhos sobre a perspectiva
Das cousas, surpreendo em cada qual
Uma simples imagem fugitiva
Da infinita harmonia universal.

Uma revelação vaga e parcial
De tudo existe em cada cousa viva:
Na corrente do Bem ou na do Mal
Tudo tem uma vida evocativa.

Nada é inútil; dos homens aos insetos
Vão-se estendendo todos os aspectos
Que a idéia da existência pode ter;

E o que deslumbra o olhar é perceber
Em todos esses seres incompletos
A completa noção de um mesmo ser...

LEGENDA DOS DIAS

O Homem desperta e sai cada alvorada
Para o acaso das cousas... e, à saída,
Leva uma crença vaga, indefinida,
De achar o Ideal nalguma encruzilhada...

As horas morrem sobre as horas... Nada!
E ao Poente, o Homem, com a sombra recolhida,
Volta, pensando: "Se o Ideal da Vida
Não veio hoje, virá na outra jornada..."

Ontem, hoje, amanhã, depois, e, assim,
Mais ele avança, mais distante é o fim,
Mais se afasta o horizonte pela esfera.

E a Vida passa... efêmera e vazia:
Um adiamento eterno que se espera,
Numa eterna esperança que se adia...

INSTINTO

Glória ao Instinto, a lógica fatal
Das cousas, lei eterna da criação,
Mais sábia que o ascetismo de Pascal,
Mais bela do que o sonho de Platão!

Pura sabedoria natural
Que move os seres pelo coração,
Dentro da formidável ilusão,
Da fantasmagoria universal!

És a minha verdade, e a ti entrego,
Ao teu sereno fatalismo cego,
A minha linda e trágica inocência!

Ó soberano intérprete de tudo,
Invencível Edipo, eterno e mudo,
De todas as esfinges da Existência!...

PLATÔNICO...

As idéias são seres superiores,
— Almas recônditas de sensitivas —
Cheias de intimidades fugitivas,
De escrúpulos, melindres e pudores.

Por onde andares e por onde fores,
Cuidado com essas flores pensativas,
Que têm pólen, perfume, órgãos e cores
E sofrem mais que as outras cousas vivas.

Colhe-as na solidão... são obras-primas,
Que vieram de outros tempos e outros climas
Para os jardins de tua alma que transponho,

Para com elas teceres, na subida,
A coroa votiva do teu Sonho
E a legenda imperial da tua Vida.

IMAGINAÇÃO

Scherazade do espírito, que rendas
Num fio ideal de verossimilhança
O Símbolo e a Ilusão, únicas prendas
Que nos vieram dos deuses como herança!

Transformando em alhambras nossas tendas,
Na tua voz o nosso olhar alcança
As Mil e uma Noites da Esperança
E a esfera azul dos sonhos e das lendas!

Quando o despeito da Realidade
Nos fere, és quem de novo nos persuade,
Com teu consolo que nem sempre engana,

Porque, na tua esplêndida eloqüência,
És o sexto sentido da Existência
E a memória divina da alma humana!

SINCERIDADE

Homem que pensas e que dizes o que pensas!
Se queres que entre os homens e entre as cousas
Tuas idéias vivam pelo mundo,
Crê bem nelas primeiro, sofre-as bem,
Faze com que elas vivam na tua alma,
Na mais sincera intimidade do teu Ser!

***

Há idéias que na vida cultivamos,
Pela volúpia inútil de pensar,
Pela simples beleza, pela graça
Floral, pelo prazer que elas nos dão...
Por esse estado de ilusão chinesa
Em que nos adormecem a consciência:
Aquarelas efêmeras do espírito,
Paisagens meigas da imaginação,
Idéias lindas que não criam nada!
Elas passam, radiantes, coloridas,
Na flutuação superficial do Pensamento;
Sim, são plantas aquáticas, nelumbos
De ouro equatorial, ninféias encantadas
Pela prata dos luares sedativos,
Leves vegetações de tintas luminosas,
Sonhos das águas trêmulas que passam
— Raízes a boiar no espelho das correntes —
Com músicas de cores pelas plumas,
Vaidades femininas pelas palmas,

Mas sem um grão de vida, sem um fruto,
Nessa esterilidade deslumbrante...

As idéias que criam, as idéias
Vivas que elevam religiões e impérios,
Gênios e heróis e mártires e santos;
As idéias orgânicas e eternas
Que dão nomes aos séculos, destinos
Às raças, glória aos homens, força à Vida,
Que nutrem almas e orientam povos,
Fecundam gerações e geram deuses
E que semeiam civilizações,
Essas terão que vir da nossa fonte humana,
Deitando profundissímas raízes
No generoso espírito em que nasçam:
Terão que ser humanas, quer dizer,
Ser a nossa energia e a nossa fé,
Ser sementes recônditas, ser dores,
Sentimentos, paixões e quase instintos.
Ser vozes dos abismos transcendentes
Da consciência profunda... ser nós mesmos...
Porque as árvores mais fecundas são aquelas
Que mais fundas estão nas entranhas do solo
E mais fazem sofrer o coração da Terra!...

ÁRVORE DE NATAL

Tarde! Estou muito triste, triste assim
De uma tristeza imóvel e vazia...
E uma ronda de crianças esfuzia
Na aquarela chinesa do jardim...

Aos poucos a farândola leviana
Chega-se a mim, cerca-me ousadamente:
Inquietas larvazinhas de alma humana,
Misteriosos destinos em semente
Vêm parar a meus pés depois — meigas violetas,
Sob a sombra de uma árvore doente.

Não tenho nada para dar-lhes, sou
Como um pinheiro contemplativo,
Cujos ramos dolentes não têm frutos
Que há muito um vento cruel os arrancou...

Mas elas pedem qualquer cousa e eu me comovo.
Eu tenho tanta pena das crianças!
Elas são todo o mundo a começar de novo
Para as mesmas incertas caminhadas,
Para o mistério das encruzilhadas;
São toda a Humanidade que renasce,
Ingênua, simples e maravilhada,
Como a primeira vez que apareceu.

E, então (isso é dos santos e dos sábios)
Penduro na tristeza dos meus lábios

Cousas alegres que não são minhas;
Fábulas mansas, contos de fadas,
Histórias de anjos e rainhas
E uma porção de cousas encantadas,
Que vou distribuindo pelo bando...

E à tarde que se vai lentamente apagando,
Na aquarela chinesa do jardim,
Semeando alegrias e esperança,
Minha tristeza é assim uma piedosa e linda
Árvore de Natal entre as crianças...

FORÇA MALDITA

Eras fraco e feliz, sem meditar,
E na tua consciência vaga e obscura,
A vida, sob um luar de iluminura,
Era um conto de fadas para o olhar.

Um dia, um rude e pérfido avatar
Vestiu-te de uma força ingrata e impura,
E sonhaste a ciclópica aventura
De o espírito das cousas penetrar.

Mas, ah! homem ingênuo, desde quando
Deste o primeiro passo da escalada,
Foste, como um tristíssimo Sansão,

Na fúria da tua obra desgraçada,
Estremecendo, aluindo, derrubando
As colunas do Templo da Ilusão!...

VIVENDO...

Nós, incautos e efêmeros passantes,
Vaidosas sombras desorientadas,
Sem mesmo olhar o rumo das passadas,
— Vamos andando para fins distantes...

Então, sutis, envolvem-nos ciladas
De pequenos acasos inconstantes,
Que vão desviando, a todos os instantes,
A linha leviana das estradas...

Um dia, todo o fim a que chegamos,
Vem de um nada fortuito, entretecido
Nas surpresas das horas em que vamos...

Para adiante! Ó ingênuos peregrinos!
Foi sempre por um passo distraído
Que começaram todos os destinos...

CANÇÃO DE TODOS

Duas almas deves ter...
É um conselho dos mais sábios:
Uma, no fundo do Ser,
Outra, boiando nos lábios!

Uma, para os cirscunstantes,
Solta nas palavras nuas
Que inutilmente proferes,
Entre sorrisos e acenos:
A alma volúvel das ruas,
Qua a gente mostra aos passantes,
Larga nas mãos das mulheres,
Agita nos torvelinhos,
Distribui pelos caminhos
E gasta, sem mais nem menos,
Nas estradas erradias,
Pelas horas, pelos dias...

Alma anônima e usual,
Longe do Bem e do Mal,
Que não é má nem é boa,
Mas, simplesmente, ilusória,
Ágil, sutil, diluída,
Moeda falsa da Vida,
Que vale só porque soa,
Que compra os homens e a glória
E a vaidade que reboa:

Alma que se enche e transborda,
Que não tem porquê nem quando,
Que não pensa e não recorda,
Não ama, não crê, não sente,
Mas vai vivendo e passando
No turbilhão da torrente,
Través intricadas teias,
Sem prazeres e sem mágoas,
Fugitiva como as águas,
Ingrata como as areias.

Alma que passa entre apodos
Ou entre abraços, sorrindo;
Que vem e vai, vai e vem,
Que tu emprestas a todos,
Mas não pertence a ninguém.

Salamandra furta-cor,
Que muda ao menor rumor
Das folhas pelas devesas;
Alma que nunca se exprime,
Que é uma caixa de surpresas
Nas mãos dos homens prudentes;
Alma que é talvez um crime,
Mas que é uma grande defesa.

* * *

A outra alma, pérola rara,
Dentro da concha tranqüila,
Profunda, eterna e tão cara
Que poucos podem possuí-la,

É alma que nas entranhas
Da tua Vida murmura
Quando paras e repousas.
A que assiste das Montanhas
Às livres desenvolturas
Do panorama das cousas

Para melhor conhecê-las.
Essa que olha as criaturas,
Sem jamais comprometê-las,
Entre perdões e doçuras,
Num pudor silencioso,
Com o mesmo olhar generoso,
Com que contempla as estrelas
E assiste o sonho das flores...

Alma que é apenas tua,
Que não te trai nem te engana,
Que nunca se disvirtua,
Que é a voz do Mundo em surdina,
Que é a semente divina
Da tua têmpera humana.

Alma que só se descobre
No mundo contemplativo,
Para uma lágrima nobre,
Para um heroísmo afetivo,
Nas íntimas confidências
De verdade e de beleza:
Milagre da natureza,
Transcorrendo em reticências,
Num sonho límpido e honesto,
De idealidade suprema,
Ora, aflorando num gesto,
Ora, subindo num poema.

Fonte do Sonho, jazida
Que se esconde aos garimpeiros,
Guardando, em fundos esteiros,
O ouro da tua Vida.

Alma de santo e pastor,
De herói, de mártir e de homem;
A redenção interior

Das forças que te consomem,
A legenda e o pedestal
Da aspiração infinita
Que se aprofunda e se agita
No teu ser universal.

Alma profunda e sombria,
Que ao fechar-se cada dia,
Sob o silêncio fecundo
Das horas graves e calmas,
Te ensina a filosofia
Que descobriu pelo mundo,
Que aprendeu nas outras almas.

Duas almas tão diversas
Como o poente das auroras:
Uma, que passa nas horas;
Outra, que fica no Tempo.

SUPERSTIÇÃO?

As almas, como as flores, no lugar
Em que viveram deixam, longamente,
Sua íntima essência errando no ar,
Numa vaga fluidez reminiscente...

Vede essas velhas casas que, a passar
Pelos olhos do tempo indiferente,
Foram o sereníssimo ambiente
De alguma longa história familiar!...
Há no seu gênio obscuro, misteriosas
Influências humanas, insensíveis
Contágios de alma que não percebemos,
Frias fatalidades traiçoeiras
Adormecidas no silêncio antigo...

Exalam do segredo das entranhas
Forças sutis e sugestões estranhas
Que nos descem ao fundo dos sentidos
E se vão infiltrando, lentamente,
Na alma dos visitantes distraídos...
Ao lhes transpormos as sombrias portas,
Nunca sabemos o que nos espera
Nesses tristes jardins de sombras mortas
— Fantasmas de uma antiga primavera...

Dentro tudo morreu... mas, presa a um fio
Intangível,
Uma vida fantástica, invisível
Vive em essência no ar sonâmbulo e vazio...

***

As almas, como os flores, no lugar
Em que viveram deixam, longamente,
A sua exalação errando no ar,
Numa vaga fluidez reminiscente...

A ALMA DAS COUSAS SOMOS NÓS...

Dentro do eterno giro universal
Das cousas, tudo vai e volta à alma da gente,
Mas, se nesse vaivém tudo parece igual,
Nada mais, na verdade,
Nunca mais se repete exatamente...

Sim, as cousas são sempre as mesmas na corrente
Que no-las leva e traz, num círculo fatal;
O que varia é o espírito que as sente
Que é imperceptivelmente desigual,
Que sempre as vive diferentemente,
E, assim, a vida é sempre inédita, afinal...

Estados de alma em fuga pelas horas,
Tons esquivos e trêmulos, nuanças
Suscetíveis, sutis, que fogem no Íris
Da sensibilidade furta-cor...
E a nossa alma é a expressão fugitiva das cousas
E a vida somos nós, que sempre somos outros!...

Homem inquieto e vão que não repousas!
Pára e escuta:
Se as cousas têm espírito, nós somos
Esse espírito efêmero das cousas,
Volúvel e diverso,
Variando, instante a instante, intimamente,
E eternamente,
Dentro da indiferença do Universo!...

PARA A VERTIGEM!

Alma, em teu delirante desalinho,
Crês que te moves espontaneamente,
Quando és na Vida um simples redemoinho,
Formado dos encontros da torrente!

Moves-te porque ficas no caminho
Por onde as cousas passam, diariamente.
Não é o Moinho que anda: é a água corrente
Que faz, passando, circular o Moinho...

Por isso, deves sempre conservar-te
Nas confluências do Mundo errante e vário,
Entre forças que vêm de toda parte.

Do contrário, serás, no isolamento,
A espiral, cujo giro imaginário
É apenas a Ilusão do Movimento!...

DO MEU EVANGELHO

Para possuíres a filosofia
Das cousas, como um cético risonho,
Cheio de uma bondade comovida,
É preciso que tenhas algum dia
Escapado da Vida para o sonho
E voltado do sonho para a vida.

***

Procura o espaço livre e as macias alfombras
E vive sem pensar! Basta que o Sentimento
Te una à Vida e a renove, quando em quando...
As idéias enganam como as sombras,
São as sombras das cousas flutuando
No espelho móvel do teu pensamento!...

***

Pratica os teus sentidos nobremente
Na sensação das cousas belas e harmoniosas,
E, assim, educarás melhor uma alma linda,
Parecida com tudo que sentires!

***

Por que este desespero de que falas?
Se não crês bem nas cousas, nem descrês,
Ama-as embora, porque o teu prazer
Lhes dará a mais viva das verdades!
Não é preciso crer nas cousas, basta amá-las,
Sendo que amar é muito mais que crer...

***

Cada alma, sem sentir e sem querer,
Fia através dos dias, urde, tece
O seu destino — a inextricável teia!
Vive, faz e desfaz, passa e se esquece...
Mas os frutos que colhe em sua messe
São bem filhos dos germes que semeia...

***

A alma da gente muda tanto nesta vida,
Na sua história escrita sobre a areia,
Que um dia, ao recordar-se de si mesma,
Numa hora esquecida,
Já nem se reconhece mais e sente,
Estranhamente,
Que tudo aquilo que ela está lembrando
São as recordações de uma alma alheia!...

***

Teu horóscopo está em ti, seja onde for
— Sem que o saibas e o pesquises —
Na sombra do teu ser mais íntimo e interior,
Como, presos ao solo áspero e bruto,
Estão bem dentro da alma das sementes,
Na natureza eterna das raízes,
O gosto original de cada fruto
E o perfume sutil de cada flor...

***

Escuta: pelo bem que tu fizeres,
Espera todo o mal que não farias!
Essa é a mais triste das filosofias
Que aprendi entre os homens e as mulheres!

***

Queres saber minha história?
Não na tenho na memória...
Não tem fim, não teve fundo:
É a lenda da Humanidade,
É a própria história do Mundo!...

GAIA CIÊNCIA

Ator e espectador do drama humano,
— Homem, Filho do Bem, Filho do Mal —
Sei de tudo, desci ao fundo amargo
Das idéias, das cousas, das criaturas,
E, dentro da tragédia universal,
Fui anjo, fui reptil e o vôo largo
Das águias suspendi pelas alturas
Eternas das idéias infinitas.

Sofri as leis humanas e divinas...
Pensei, senti, vivi profundamente
Todas as grandes realidades vivas
E encontrei as verdades cristalinas
Do universo visível e aparente
No coração das horas fugitivas...

Nada escapou à minha penetrante
Impressão da Existência. Vivi tudo!...
E tudo que eu vivi, do claro ao misterioso,
Foi destilado na palheta latejante
E passou pelo filtro íntimo e mudo
De um alto pensamento generoso.

Despindo as formas leves e vaidosas,
Rasgando as superfícies ilusórias,
A minha alma alongou suas raízes
Insinuantes, sutis, silenciosas
Pelas intimidades infelizes
De tudo quanto viu dentro da Vida.

E cresceu, floresceu, sorvendo gota a gota
Essa seiva de fel, ácida e ingrata
Que há no fundo sombrio das Verdades.
E dentro dos seus frutos coloridos,
Que um meigo vento lírico desata,
Ainda há vivos venenos diluídos,
Que o puro azul dos céus serenos ameniza.

Sei de tudo! Conheço a vida a fundo!
Sei o que quer dizer uma existência humana!...
O meu sereno ser já não se engana
Com cousa alguma dentro deste mundo!

Entretanto, não sei... cada manhã que nasce,
Cheia de virgindade e adolescência,
Eu saio para a Vida,
Levando uma alma nova e um sorriso na face,
Sentindo, vagamente, que esse dia
É o meu primeiro dia de existência...

EXORTAÇÃO

Sê na Vida a expressão límpida e exata
Do teu temperamento, homem prudente;
Como a árvore espontânea que retrata
Todas as qualidades da semente!

O que te infelicita é sempre a ingrata
Aspiração de uma alma diferente,
É meditares tua forma inata,
Querendo transformá-la, de repente!

Deixa-te ser!... e vive distraído
Do enigma eterno sobre que repousas,
Sem nunca interpretar o seu sentido!

E terás, de harmonia com tua alma,
Essa felicidade ingênua e calma,
Que é a tendência recôndita das cousas!...

EGOCENTRISMO

Tudo que te disserem sobre a Vida,
Sobre o destino humano, que flutua,
Ouve e medita bem, mas continua
Com a mesma alma liberta e distraída!

Interpreta a existência com a medida
Do teu Ser! (a verdade é uma obra tua!)
Porque em cada alma o Mundo se insinua,
Numa nova Ilusão desconhecida.

Vai pelos próprios passos, num assomo
De quem procura por si próprio o fundo
Da eterna sensação que as cousas têm!

Existe, em suma, por ti mesmo, como
Se antes da tua sombra sobre o Mundo
Não houvera existido mais ninguém!...

SABEDORIA

Tu que vives e passas, sem saber
O que é a vida nem porque é, que ignoras
Todos os fins e que, pensando, choras
Sobre o mistério do teu próprio Ser,

Não sofras mais à espera das auroras
Da suprema verdade a aparecer:
A verdade das cousas é o prazer
Que elas nos possam dar à flor das horas...

Essa outra que desejas, se ela existe,
Deve ser muito fria e quase triste,
Sem a graça encantada da incerteza...

Vê que a Vida afinal, — sombras, vaidades —
É bela, é louca e bela, e que a Beleza
É a mais generosa das verdades...

ET OMNIA VANITAS...

... E vive assim... Como filosofia
O Prazer, como glórias e esperanças
Uma vida espontânea e correntia
E um gesto irônico ao que não alcanças!

Seja a vida um punhado de horas mansas,
Numa felicidade fugidia:
A piedosa ilusão de cada dia
E o bailado de sombras das lembranças.

Ama as cousas inúteis! Sonha! A Vida...
Viste que a Vida é uma aparência vaga,
E todo o imenso sonho que semeias,

Uma legenda de ouro, distraída,
Que a ironia das águas lê e apaga,
Na memória volúvel das areias!...

IRONIA!

Ironia! Ironia!
Minha consolação! Minha filosofia!
Imponderável máscara discreta
Dessa infinita dúvida secreta,
Que é a tragédia recôndita do ser!
Muita gente não te há de compreender
E dirá que és renúncia e covardia!
Ironia! Ironia!
És a minha atitude comovida:
O amor-próprio do Espírito, sorrindo!
O pudor da Razão diante da Vida!

A ÚLTIMA CANÇÃO DO HOMEM...

Rei da Criação, por mim mesmo aclamado,
Quis, vencendo o Destino, ser o Rei
De todo esse Universo ilimitado
Das idéias que nunca alcançarei...

Inteligência... esse anjo rebelado
Tombou sem ter sabido a eterna lei:
Pensei demais e, agora, apenas sei
Que tudo que eu pensei estava errado...

De tudo, então, ficou somente em mim
O pavor tenebroso de pensar,
Porque as idéias nunca tinham fim...

Que mais resta da fúria malograda?
Um bailado de frases a cantar...
A vaidade das formas... e mais nada...

DIÁLOGO FINAL

— Como são lindos os teus grandes versos!
Que colorido humano! que profundo
Sentido e que harmonia generosa
Encerram, nos seus símbolos diversos!...

— Sim, mas para fazê-los fui ao fundo
Das cousas, nessa Via-Dolorosa
Do Pensamento, que no fim é sempre triste.
Sofri muito entre os seres infelizes...
Tu não sabes de nada... tu não viste...

— Não, nunca imaginei o que me dizes...
Mas teus versos me fazem tanto bem,
São tão belos! de formas tão luxuosas!...

— É isso mesmo!... É a beleza irônica que vem
Da amargura invisível das raízes,
Para dar a vaidade efêmera das rosas...

POEMAS INACABADOS

CRISTIANISMO

Sonho um cristianismo singular
Cheio de amor divino e de prazer humano;
O Horto de Mágoas sob um céu virgiliano,
A beatitude com mais luz e com mais ar...

Um pequeno mosteiro em meio de um pomar,
entre loureiros-rosa e vinhas de todo o ano,
num misticismo lírico, a sonhar
na orla florida e azul de um lago italiano...

Um cristianismo sem renúncia e sem martírios,
Sem a pureza melancólica dos lírios,
temperado na graça natural...

Cristianismo de bom-humor, que não existe,
Onde a Tristeza fosse um pecado venial,
Onde a Virtude não precisasse ser triste...

DECADÊNCIA

Afinal, é o costume de viver
que nos faz ir vivendo para a frente;
nenhuma outra intenção, mas simplesmente
o hábito melancólico de ser...

Vai-se vivendo... é o vício de viver...
e se esse vício dá qualquer prazer à gente,
como todo prazer vicioso é triste e doente,
porque o Vício é a doença do Prazer...

Vai-se vivendo... vive-se demais,
e um dia chega em que tudo que somos
é apenas a saudade do que fomos...

Vai-se vivendo... e muitas vezes nem sentimos
que somos sombras, que já não somos mais nada
Do que os sobreviventes de nós mesmos!...

ALMAS FRIAS

Almas desoladoramente frias
de uma aridez tristíssima de areia,
nelas não vingam essas suaves poesias
que a alma das cousas, ao passar, semeia...

Desesperadoramente estéreis e sombrias,
onde passam (triste aura que as rodeia!)
deixam uma atmosfera amarga, cheia
de desencantos e melancolias...

Nessa árida rudeza de rochedo,
mesmo fazendo o bem, sua mão é pesada,
sua própria virtude mete medo...

Como são tristes essas vidas sem amor,
essas sombras que nunca amaram nada,
essas almas que nunca deram flor...

AO MENOS UMA VEZ

Ao menos uma vez em toda a vida
A Verdade passou pela alma de cada homem...
Passou muito alto, muito vaga, muito longe,
Como os fantasmas, que mal chegam, somem;
Passou em sombra, num reflexo fugidio,
Foi a sombra de um vôo refletida
No espelho da água trêmula de um rio...

Sombra de um vôo na água trêmula: Verdade!
Passou uma só vez em toda a vida
E sempre dessa vez a alma dos homens
Estava distraída,
E não reconheceu na sombra desse vôo
A ave ideal que planava no alto azul...
Quando volveu os olhos para a altura
ela já ia desaparecendo...

Dela nada ficou no olhar triste dos homens,
nem a lembrança de seu vulto incerto...

Passou uma só vez em toda a vida!
Sombra de um vôo na água trêmula: Verdade!
E esse vôo,
Que nunca mais voltou no mesmo céu deserto,
Nem ao menos deixou a sombra dentro d'água...

DE UM FANTASMA

Na minha vida fluida de fantasma
Sou tão leve que quase nem me sinto.
Nem há nada mais leve nem tão leve.
Sou mais leve do que a euforia de um anjo,
Mais leve do que a sombra de uma sombra
Refletida no espelho da Ilusão.

Nenhuma brutal lei do Universo sensível
atua e pesa e nem de longe influi
sobre o meu ser vago, difuso, esquivo
e no éter sereníssimo flutuo
com a doce sutileza imponderável
de uma essência ideal que se volatiliza...

Passo através das cousas mais sensíveis
e as cousas que atravesso nem me sentem,
porque na minha plástica sutil
tenho a delicadeza transcendente
da luz, que flui través os corpos transparentes.
Sou quase imaterial como uma idéia...

E da matéria cósmica que tem
tantos e variadíssimos estados,
eu sou o estado-alma, quer dizer
o último estado rarefeito, o estado ideal:
Alma, o estado divino da matéria!...

POEMAS
AVULSOS

CIGANOS

Lá vêm os saltimbancos, às dezenas
Levantando a poeira das estradas,
Vêm gemendo bizarras cantilenas,
No tumulto das danças agitadas.

Vêm num rancho faminto e libertino,
Almas estranhas, seres erradios,
Que têm na Vida um único destino,
O Destino das aves e dos rios.

Ir mundo a mundo é o único programa,
A disciplina única do bando;
O cigano não crê, erra, não ama,
Se sofre, a sua dor chora cantando.

Nunca pararam desde que nasceram.
São da Espanha, da Pérsia ou da Tartária?
Eles mesmos não sabem; esqueceram
A sua antiga pátria originária...

Quando passam, aldeias, vilarinhos
Maldizem suas almas indefesas,
E a alegria que espalham nos caminhos
É talvez um excesso de tristezas...

Quando acampam de noite, é no relento
Que vão sonhar seu Sonho aventureiro:
Seu teto é o vácuo azul do Firmamento;
Lar? o lar do cigano é o mundo inteiro.

Às vezes, em vigílias ambulantes,
A noite em fora, entre canções dalmatas,
Vão seguindo ao Luar, vão delirantes,
Alados no langor das serenatas.

Gemem guzlas e vibram castanholas,
E este rumor de errantes cavatinas
Lembra cousas das terras espanholas,
Nas saudades das terras levantinas.

E, então, seus vultos tredos envolvidos
Em vestes rotas, sórdidas, imundas,
Vão passando por ermos esquecidos,
Como um grupo de sombras vagabundas.

Lá vêm os saltibancos, às dezenas,
Levantando a poeira das estradas,
Vêm gemendo bizarras cantilenas,
No tumulto das danças agitadas.

Povo sem Fé, sem Deus e sem Bandeira!
Todos o temem como horrível gente,
Mas ele, na existência aventureira,
Ri-se do medo alheio, indiferente.

E, livres como o Vento e a Luz volante,
Sob a aparência de Infelicidade,
Realizam, na sua vida errante,
O poema da eterna Liberdade.

SÍNTESE

Somos, na Vida, a síntese apurada
De tudo o que viveu antes de nós;
Sou a compendiação cristalizada
Da história milenar dos meus avós.

Em mim, austeramente, continua
Uma raça de velho itinerário,
E eu conservo, no fundo da alma nua,
O cunho do destino hereditário.

Quem me vê!... E eu condenso mil essências,
— Sedimentos de idades e de idades —
Na verdade incisiva das tendências,
Nos meus impulsos e capacidades.

Restos de dias mortos e resíduos
De gerações e tempos indistintos
São a razão de ser dos indivíduos,
O segredo latente dos instintos.

Cada atitude, cada gesto dado
Que o nosso íntimo espírito acomete
É um momento da raça renovado,
É um minuto ancestral que se repete.

Nós, desde o homem que pensa à planta e à lesma,
Somos uma seqüências enorme e vasta,
Uma força remota que se gasta
Na sucessão contínua de si mesma.

E é por isso que eu sinto e nós sentimos,
Em momentos recônditos extremos,
A saudade de cousas que não vimos,
E o orgulho de tudo o que não temos.

Ser novo é um paradoxo inconsistente
Que só vive nos nossos pensamentos;
O que há de novo é o aspecto diferente
Lastreado dos mesmos fundamentos.

A Evolução!... E, com ela, melhoramos
Mas a Alma melhorando se enfraquece,
Tal como a gota d'água que desfiamos,
Que, quanto mais se apura, mais decresce.

Sim! que o destino em seu maior conceito,
Na agitação dinâmica do Ser,
É ir lutando para ser perfeito
E ser perfeito é* desaparecer...

---

* Em *Autores e Livros* e em N aparece *e*.

DUAS HISTÓRIAS

Era um dia um pastor ingênuo...
Sim, todos os pastores são ingênuos...
Que numa noite azul quis contar as estrelas.
Quantas foram por fim as estrelas contadas?
Não! Ele compreendeu a inocente loucura,
Não continuou na conta...
Viu que em torno de cada estrela que contava
Surgiam mais de mil que nunca tinha visto...
Foi quem primeiro soube neste mundo
Que a conta das estrelas não tem conta...

Pois foi um dia um sábio muito triste...
Todos os sábios são muito tristes...
Quis contar as verdades do Universo.
Quantas são as verdades que contou?
Não! Ele compreendeu a inocente loucura,
Foi quem primeiro soube neste mundo
Que quem [precisar] ver e contar as verdades
Apenas faz buscar verdades, não faz mais
Do que multiplicar as dúvidas que tem.

TRANSUBSTANCIAÇÃO

Esta carne em que existo há de tornar-se um dia
Em húmus germinal, em seiva fecundante.
Decompondo-se em Pó, há de ser a energia
De vidas que sobre ela hão de viver adiante...

Será fonte, Princípio, a tábida apatia
De um movimento novo, intérmino e constante,
Sua ruína será a feraz embriogenia
De outros tipos de Vida, instante para instante.

Há de um horto florir por sobre o seu passado.
Borboletas iriais e anêmonas olentes,
Vidas da minha Morte, eu mesmo transformado...

E, assim, irei buscando a Perfeição perdida,
Vivendo na Emoção de seres diferentes
Que a Morte é a transição da Vida para a Vida...

CALA A BOCA, MEMÓRIA!

Cala a boca, Memória! Basta, basta!
O que o Tempo te disse não me digas.
Que pareces até minha madrasta
Quando me vens cantar tuas cantigas.

Tua voz me faz mal e me vergasta,
E a chorar, muitas vezes, tu me obrigas.
Piedade, Memória leonoclasta,
Não despertes, assim, dores antigas.

Vai, recolhe-te à tua soledade,
E que o teu braço nunca mais me leve
À sepultura da Felicidade!

Segue um conselho meu, de ora em diante:
Junto a quem está de luto, não se deve
Falar de quem morreu, a todo instante...

SEI DE TUDO

Sei de tudo o que existe pelo mundo.
A forma, o modo, o espírito e os destinos.
Sei da vida das almas e aprofundo
O mistério dos seres pequeninos.

Sei da ciência do Espaço, sei o fundo
Da terra e os grandes mundos submarinos,
Sei o Sol, sei o Som e o elo profundo
Que há entre os passos humanos e os divinos.

Sei de todas as cousas, a teoria
Do Universo e as longínquas perspectivas
Que emergem da expressão das cousas vivas.

Sei de tudo e — oh! tristíssima ironia! —
Pelo caminho eterno por que vou,
Eu, que sei tudo, só não sei quem sou...

SOL DE SAINT-LOUP

Maio. Sol de Saint-Loup. Declina o dia.
Eu e Silêncio — os dois — o olhar profundo,
Numa contemplação erma e sombria
Neste recanto inédito do mundo...

Lá embaixo, a fímbria azul dos montes quietos,
Pesa-me ao olhar, em trêmulos recortes.
Como nas sugestões das águas fortes,
A beleza parada dos aspectos...

É bem a Suíça clássica que avisto,
Calma, brumal, profundamente calma,
Sem o menor espasmo do imprevisto
Na branca anestesia de sua alma...

Tudo na mesma estática atitude...
Montando as serranias, pelos flancos,
Em igual sucessão, sóbrios, marmóreos,
Destaco, ao longe, austeramente brancos
Os vultos varonis dos sanatórios...

DESCONFIANDO

Tu pensas como eu penso, vês se eu vejo,
Atento tu me escutas quando falo;
Bem antes que te exponha o meu desejo
Já pronto estás correndo a executá-lo.

Achas em tudo um venturoso ensejo
De servir-me de servo e de vassalo;
Perdoa-me a verdade num gracejo.
Serias, se eu quisesse, o meu cavalo...

Mas não penses que estólido eu te creia
Como um Patroclo abnegado, não:
De todos os excessos se receia...

O certo é que, em rancor, por dentro estalas;
Odeias-me, que eu sei, mas, histrião,
Beijas-me as mãos por não poder cortá-las...

VELHA NATUREZA

Tudo que a velha Natureza gera
Vai sempre rumo do melhor futuro;
Ela fecunda com o ânimo seguro
De quem muito medita e delibera...

O seu gênio de artista mais se esmera
Na teoria sutil do claro-escuro,
Com que exalta a verdade mais austera,
Frisando em tudo o símbolo mais puro...

Só faz o Mau e o Hediondo para efeito
De projetar mais longe e sem nuance
A alma cheia de luz do que é perfeito,

Como cavou o Abismo nas entranhas,
Para dar mais relevo e mais alcance
À soberba estatura das montanhas...

APÊNDICE

EUGENIA

Nascemos um para o outro, dessa argila
De que são feitas as criaturas raras;
Tens legendas pagãs nas carnes claras
E eu tenho a alma dos faunos na pupila...

Às belezas heróicas te comparas
E em mim a luz olímpica cintila.
Gritam em nós todas as nobres taras
Daquela Grécia esplêndida e tranqüila...

É tanta a glória que nos encaminha
Em nosso amor de seleção, profundo,
Que (ouço ao longe o oráculo de Elêusis),

Se um dia eu fosse teu e fosses minha,
O nosso amor conceberia um mundo,
E do teu ventre nasceriam deuses...

EUGENIA

Prefácio*

Rodrigo M. F. de Andrade

Aqueles que mais de perto conheceram Raul de Leoni sabiam o preço que ele dava à vida. Era natural que imaginassem no poeta da *Luz mediterrânea* uma atitude de violenta revolta em face da morte inevitável.

Todavia, soube-se depois que tudo se passara ao contrário do que receavam os seus amigos.

Quando Raul de Leoni se compenetrou do fim próximo, adquiriu a mais profunda serenidade. Discorreu tranqüilo sobre o que se passava, ditou metodicamente as suas últimas disposições, e interrogado sobre o destino de sua obra literária, concordou no alvitre de se lhe reeditar a *Luz mediterrânea.*

Expirou serenamente, na sua casa de Itaipava, aos 21 de novembro de 1926. Tinha 31 anos e deixava uma das obras mais consideráveis da nossa poesia, pela unidade de pensamento e pela formosura dos ritmos.

Embora afastado dos meios literários, não lhe diminuíra nunca o prestígio, que era igual nas duas correntes opostas em que ficou dividida a nossa poesia — uma inflamada de espírito renovador, a outra dócil aos velhos modelos da geração anterior. Raul de Leoni agradava aos primeiros pela independência de sua obra, aos segundos pela formação clássica de sua cultura.

Se havia entre nós um poeta de espírito clássico, certo

* À 2ª edição de *Luz mediterrânea,* incorporando *Ode a um poeta morto* e "Poemas inacabados".

seria este, pelas proposições claras e concisas, pelas imagens puras e nítidas, pelo equilíbrio formal dos seus poemas, tanto quanto pela rara capacidade para a expressão das idéias abstratas. E era admirável o rigor lógico com que nos seus versos se desenvolvia o pensamento, animado pelo jogo preciso das imagens.

Paul Valéry notou nos escritores românticos uma depressão nas qualidades abstratas do estilo e uma espécie de renúncia estranha aos meios e potencialidades que a arte literária pôde tirar da operação do pensamento. Em Raul de Leoni não se observa aquela depressão nem aquela renúncia. Ao contrário: nunca sacrificou à beleza, ao pitoresco ou à raridade da expressão a geometria precisa das idéias.

***

"On n'imagine point de pensées ni de rêves que n'ait point suscités la Méditerranée. En tout, ses riverains ont été les premiers toutes les fois qu'ils l'ont voulu. Je ne connais aucun métaphysicien de l'Allemagne qui soit supérieur à Saint Thomas, napolitain, et je préfère infiniment Plotin d'Alexandrie à Ruysbrock l'Admirable."

Essas palavras de Maurras poderiam servir de prefácio aos poemas da *Luz mediterrânea.*

***

Há uma poesia cerebral, cujo elemento emotivo decorre das reações provocadas na inteligência pelos contactos do mundo exterior. São os movimentos da consciência, em si mesmos, que possuem propriedades de sugestão, independentemente de sua função prática e interessada. É diretamente no fenômeno da associação das idéias, cujo processo imprevisto tem uma grande intensidade dramática, que reside o seu poder emotivo. Assim a poesia de Antero de Quental.

Existe outra, porém, em que as propriedades de sugestão vêm das idéias, tomadas como entidades absolutas, como seres dotados de vida própria e autônoma, mais do que como simples movimentos ou operações do pensamento. Esta é a que se desprende dos poemas da *Luz mediterrânea*.

Bergson entende que a idéia é uma parada do pensamento; nasce quando este, em vez de seguir o seu caminho, faz uma pausa ou reflete sobre si mesmo. Desse ponto de vista bergsoniano, o que há de real no pensamento são aqueles movimentos, mas não em si mesmos e sim somente enquanto estejam ligados uns aos outros, constituindo um fluxo. Ao passo que a idéia em si é o mero esquema de um daqueles movimentos, o gráfico de uma operação que já se realizou.

Para Raul de Leoni, entretanto, as idéias representam seres vivos. Das aventuras de cada uma delas, é que extrai a poesia, como os épicos a extraíam dos episódios da carreira dos heróis. Ele foi entre nós, e o foi com singular grandeza, o único poeta de emoção puramente filosófica.

***

Mas o curioso é que, embora sendo assim o poeta das ideologias ou das abstrações, Raul de Leoni exalte o instinto, que lhe aparece

Mais sábio que o ascetismo de Pascal,
Mais belo do que o sonho de Platão.

Grande parte dos seus poemas glorifica realmente os sentidos e prega a volta ao estado natural, de que os homens só se teriam afastado para perder-se na "selva impraticável" dos ideais metafísicos.

Recomenda a obediência à lógica do instinto como o meio verdadeiro de encontrar a felicidade.

No entanto, nisso ainda ele celebra uma "ideologia clara", menos espontânea do que herdada de Epicuro, através de uma longa linhagem de poetas e pensadores. Não é a experiência própria que lhe indica aquele caminho como o mais certo e seguro. Nem é tampouco uma reação direta contra os postulados da moral corrente que lhe inspira semelhantes conselhos. A vida de Raul de Leoni não teve a aspereza da de um Robert Burns. Este possuía motivos amargos para dizer:

Morality, thou deadly bane,
Thy tens o'thousands thou hast slain!
Vain in his hope, whose stay and trus is
In moral mercy, truth and justice.

Mas a mensagem do poeta brasileiro está longe de traduzir uma imprecação pessoal contra qualquer doutrina moral "que matasse os homens aos milhares", como aquela contra a qual se levantou o canto do grande poeta inglês.

Glorificando a "pura sabedoria natural", os poemas da *Luz mediterrânea* celebram menos o instinto em si mesmo do que a ideologia do instinto, ou o sistema que erigiu o instinto em verdade metafísica.

No fundo, o homem só interessava a esse poeta na medida em que lhe aparecesse como criador de ideologias.

Raul de Leoni, anti-romântico e boêmio

Assis Brasil

Ele viveu numa confluência estética problemática, entre o Parnasianismo, o Simbolismo e a transição para o Modernismo. Quando Raul de Leoni lançou o seu preito à memória de Olavo Bilac, *Ode a um poeta morto,* em 1919 (Carpeaux dá a data de 1918), estávamos distantes quarenta anos das *Canções românticas* (1878) de Alberto de Oliveira, e *Broquéis* e *Missal,* de Cruz e Souza, tinham vindo à luz antes de seu nascimento. Assim, o Parnasiano e o Simbolista, que redefiniam os caminhos da poesia brasileira, sem dúvida serviram de bússola para a obra, pequena e instigante, do poeta fluminense.

O título do livro de poemas de Raul de Leoni, *Luz mediterrânea,* de 1922, reflete bem o seu ideário estético, ou seja, a claridade meridiana do pensamento e das idéias, não bem em oposição ao sentimento, às emoções, mas a certo tipo de contenção formal. Daí que ele não foi um parnasiano ortodoxo nem retardatário, e no dizer acertado de Domingos Carvalho da Silva (*Pequeno dicionário de literatura brasileira*/1980), a sua poesia "reluz a claridade das inscrições epigramáticas da idade clássica".

O Romantismo se fora, instalara-se no país uma nova escola estética, mas a tuberculose continuava a matar os boêmios e os poetas. Raul de Leoni, que era um atleta, cultor da forma física, pagará o tributo ainda do "mal do século", mas, como era um poeta de "luz mediterrânea", não se valeu da doença para deitar, romanticamente, os seus queixumes, como ainda observa Carvalho da Silva: "L. situa-se, assim, entre os poucos poetas brasileiros que colocaram suas convicções filosóficas e seu ideal estético acima dos sentimentos pessoais e dos acidentes da vida humana".

Um anti-romântico boêmio, nessa curiosa aproximação, freqüentador dos bares da Lapa do Rio de Janeiro, mas que criava uma poesia, como disse James Joyce, onde o autor está acima da obra, indiferente e distante (lembrar que Joyce foi considerado naturalista e simbolista). Assim é que "a moléstia de que morreu" Raul de Leoni não transparece em sua poesia, "ao contrário de quase todos os poetas brasileiros de todas as épocas", diz Carvalho da Silva.

Um parnasiano não epígono ou retardatário, pois a sua poesia tem marca pessoal, por vezes aproximada ao modelo da "idade clássica", Raul de Leoni foi incluído no *Panorama do movimento simbolista brasileiro* por Andrade Muricy, que tenta justificar a posição do poeta "intelectual" ali; ele, que tinha uma "evidente fluência do verbo", neutro na "imaterialidade da sua comoção" — diretrizes e recursos da escola de Bilac — para Muricy, pela irradiação de "símbolos e alegorias" de sua poesia, distante assim do Parnasianismo ortodoxo, é fato que "empregaria tantas palavras e locuções características do idioma simbolista". E conclui Muricy: "Por isso não pude deixar de incluí-lo neste *Panorama*".

Tampouco epígono simbolista, Raul de Leoni "exemplifica superiormente a irradiação do Simbolismo, tanto mais que transparece em poesia na qual todo o simbolismo ortodoxo está superado". E talvez se deva isso ao fato de o Simbolismo ter adquirido feições diferentes no Brasil. Muricy reconhece que os elementos modificadores estavam na sensibilidade, na imaginação, na própria linguagem.

Como o nosso Parnasianismo tomou muitas vezes uma feição romântica, perdendo a rigidez formal, também o nosso Simbolismo conservou, em alguns passos, certo lirismo amoroso, postura que irá se irradiar até pela escola estética seguinte. Dir-se-ia que toda a poesia brasileira tem um lastro irremovível do Romantismo, não tivesse tal movimento sobrevivido por mais de cem anos em nosso país, com autênticos, renovadores e epígonos de toda espécie. É claro que não é esse bem o caso de Raul de Leoni.

Como de fato Raul de Leoni viveu na confluência e transição literárias, Fernando Góes não vacilou em colocá-lo na sua antologia do Pré-Modernismo (Vol. V do *Panorama da poesia brasileira*/1960). Do começo do século XX a 1922, muitos críticos têm tentado dar uma designação estética ao período, como Sincretista, Eclético, Intervalar e, o mais curioso, Neo-Romântico... embora para Múcio Leão seja "isso muito misterioso e vago". Tristão de Athayde foi quem cunhou a expressão Pré-Modernismo: ele fez crítica literária entre 1919 e 1920, mas seus artigos foram reunidos e publicados somente em 1939, quando já tinha idéia clara do Modernismo reinante.

Parnasianismo esgotado, Simbolismo "crepuscular", o próprio Raimundo Correia, pontífice da primeira escola, já admitia que ela só estava criando "produtos aleijados e raquíticos"(1889).Quanto ao Simbolismo, em 1916, José Veríssimo, na sua *História da literatura brasileira*, nada fala sobre o movimento. No entanto, como assinala Fernando Góes, "esses anos todos do Pré-Modernismo sofreram, em larga extensão, as repercussões das duas escolas, já esgotadas".

Diante de livros como os de Martins Fontes, Gilka Machado, Augusto dos Anjos, Raul de Leoni, falou-se, antes da cunhagem do termo Pré-Modernismo, em Neo-Parnasianismo e Neo-Simbolismo, entrando nesse rol o próprio Manuel Bandeira dos poemas de 1917. Raul de Leoni, tido por cerebral, poeta "neutro" quanto às emoções, com um ideário filosófico, que brincava com as idéias, bem enquadrado assim nos cânones parnasianos, numa curiosa reportagem feita por Antônio Crispim, que não era outro senão o poeta Carlos Drummond de Andrade (*Leitura*, nº 6, dez. de 1957), teria dito que o Parnasianismo "acabou por, degradando a Arte de sua virtude universalista e subjetiva, constrangê-la numa acanhada esfera de formalismo objetivo, confinando-a em medidas estreitas no interesse geral. Com o Parnasianismo, a poesia, sobretudo... sofreu os maiores danos possíveis".

Fernando Góes, no seu livro citado, acaba concluindo que "fechando as contas da poesia Pré-Modernista, vemos que ela apresenta um saldo considerável a favor da poesia brasileira". Os pontos altos da fase crepuscular, de transição e de passo certo na direção do novo, se destacariam com nomes como os de Augusto dos Anjos, José Albano e Raul de Leoni, numa síntese mais do que econômica.

Já Otto Maria Carpeaux, na sua *Pequena bibliografia crítica da literatura brasileira*, situa o cearense José Albano e o fluminense Raul de Leoni como neo-parnasianos, deixando o paraibano Augusto dos Anjos no rol dos simbolistas. "Raul de Leoni foi o último parnasiano", diz Carpeaux, "e foi poeta autêntico", e mais: "Não será dado a um indivíduo isolado ressuscitar um movimento literário extinto, mas Raul de Leoni teria evoluído — talvez chegasse a ser um grande poeta simbolista. Apesar do Modernismo, cresceu a fama de Raul de Leoni incessantemente; a oposição foi pouca, a admiração, muita".

Para Antônio Cândido e J. Aderaldo Castello (*Presença da literatura brasileira*, 3 vols./1964), o período entre 1875 e 1922 foi "rico e diversificado", mas "os escritores que aparecem entre os primeiros anos do século e o Modernismo são, quase todos, epígonos". Alguns poetas, no entanto, escaparam, como Raul de Leoni, por ter combinado Parnasianismo e Simbolismo, "como fez também Augusto dos Anjos". Nessa altura, "foi grande o número dos que preferiram a segunda corrente, evoluindo para uma espécie de Pré-Modernismo". José Albano teria ficado "à margem de modas e movimentos", "voltado para a herança camoniana".

E os autores citados atrás justificam o não-epigonismo de Raul de Leoni, pois "a sua obra exprime com felicidade o momento final do Parnasianismo, quando os poetas sentiam obscuramente que era preciso buscar outros meios e outros ideais de escrita. Nesse sentido, e talvez por influência do Simbolismo, usou, além da metrificação ortodoxa, ritmos irregulares e combinações polimétricas, como quem procura se libertar de um certo jugo formal".

***

Raul de Leoni Ramos nasceu no dia 30 de outubro de 1895, em Petrópolis, para alguns historiadores, e no Rio de Janeiro, para outros. As fontes biobibliográficas brasileiras são assim mesmo. Fiquemos com Petrópolis, informação da maioria. Os estudos primários e secundários foram feitos no Rio, Colégio Abílio. Filho de ilustre pai, "amigo íntimo de Nilo Peçanha", o magistrado Carolino de Leoni Ramos, ainda adolescente Raul de Leoni viaja por vários países da Europa, entre 1914 e 1916, enquanto cursava a Faculdade Livre de Direito do Rio de Janeiro.

Enquanto colabora com artigos e poemas em vários órgãos da imprensa (*O Jornal*, *Jornal do Commercio*, *Jornal do Brasil*), o amigo do pai torna-se ministro das Relações Exteriores, no governo Wenceslau Brás (1918), após ter Nilo Peçanha passado pela presidência da República por morte de Afonso Pena (1909). E logo Raul de Leoni seria nomeado Segundo Secretário da Legação do Brasil em Cuba. O que poderia ter sido uma cômoda carreira diplomática não prosperou, pois o poeta não aceitou tal cargo, como o seguinte, na Legação do Brasil junto ao Vaticano. Quando os amigos pensavam que Raul de Leoni estava longe, o poeta aparece de repente nos bares da Lapa.

Mas Nilo Peçanha não desiste e, ainda por sua influência, Raul de Leoni é eleito deputado à Assembléia Fluminense. Um ano antes, morrera Olavo Bilac (1918) e é em homenagem ao poeta parnasiano que Raul de Leoni publica a sua *Ode a um poeta morto*, uma também "resposta", talvez sem o querer, à mordaça do emprego público, onde não é "a vida um sentimento esplêndido e profundo".

Num dos bailes do Itamarati, entre os volteios das valsas vienenses, Raul de Leoni conheceu a jovem Ruth Soares Gouveia. Em três meses estavam casados (1921), lua de mel em Petrópolis. No ano seguinte, ano emblemático da revolução modernista, 1922, o poeta publica *Luz mediterrânea*. Mais um ano e a doença romântica dos boêmios, a tuberculose, se manifesta. A essa altura, para fugir da projeção burguesa do padrinho Nilo Peçanha, Raul de Leoni arranjara o prosaico emprego de inspetor de uma companhia de seguros. A doença o abate, ele "que tinha em elevado grau o culto nietzscheano da beleza e da perfeição física, que nutria pela saúde verdadeira veneração".

Retira-se para o interior, Itaipava. O poeta se sente humilhado e revoltado, não conversa com os amigos sobre a doença. Nos últimos dias de vida, no entanto, parece "resignado e sereno". Estava com 31 anos de idade, e na manhã mediterrânea do dia 21 de novembro de 1926, morreu o poeta, deixando "alguns dos mais belos versos de nossa poesia, de que foi um dos instantes mais luminosos".

Em 1928, o amigo íntimo do poeta, Rodrigo M. F. de Andrade, reedita, num só volume, *Ode a um poeta morto*, *Luz mediterrânea* e os poemas inéditos "encontrados entre os papéis do poeta". Andrade os chamou de "poemas inacabados", "porque nada indicava que os considerasse então em sua forma definitiva". Depois esta coletânea, com o título de *Luz mediterrânea*, foi reeditada muitas vezes, tornando-se um dos clássicos da poesia brasileira.

Para Antonio Candido e José Aderaldo Castelo, a 9ª edição da obra, feita pela Livraria Martins Editora, é a mais indicada. Outras edições vieram pela mesma editora, e a que temos em mãos é a de número 11, de 1965, e que reproduz fielmente, com as alterações ortográficas cabíveis, a edição de 1928, incluindo o prefácio de Rodrigo M. F. de Andrade, e que damos aqui novamente ao público.

O poeta pagão

Franklin de Oliveira

Com Joaquim Cardozo e Dante Milano, poetas do pensamento emocionado, Raul de Leoni forma o trio, em língua portuguesa, dos líricos nos quais a sensibilidade e a inteligência se acasalam numa harmonia indissolúvel. De formação rigorosamente clássica, da qual a clareza do seu verso é alto testemunho, Raul de Leoni não caiu nas armadilhas do tradicionalismo. Quem o salvou das formas estáticas?

Salvou-o o frêmito da herança simbolista. A esse clássico o simbolismo concedeu o friso da modernidade. Esse poeta das ideologias, como o classificou Rodrigo Melo Franco de Andrade no belo prefácio que escreveu para a edição de *Luz mediterrânea* feita pelo Anuário do Brasil, em 1928.

Poeta das ideologias, sim, mas convém salientar que ideologias, para Raul de Leoni, não eram abstrações. Elas tinham a sua carnalidade, quer dizer: estavam atadas ao concreto. Eram seres — eram carne e espírito, — traziam a palpitação do sensualismo e do sonho. Celebrando Florença, ele o fazia como o poeta canta a mulher amada. O amor o prendia à vida. Esse poeta, para o qual as idéias eram encarnações ontológicas, não aboliu a mulher do seu cântico. Na única composição em que a mulher aparece como uma concha em que ressoam todos os motivos helenizantes da poesia de Raul de Leoni. É recordar:

Nascemos um para o outro, dessa argila
De que são feitas as criaturas raras.
Tens legendas pagãs nas carnes claras
E eu tenho a alma dos faunos na pupila.

Às belezas heróicas te comparas
E, em mim, a luz olímpica cintila.
Gritam, em nós, todas as nobres taras
Daquela Grécia esplêndida e tranqüila.

É tanta a glória que nos encaminha
Em nosso amor de seleção, profundo,
Que (ouço ao longe o oráculo de Elêusis),

Se um dia eu fosse teu e fosses minha,
O nosso amor conceberia um mundo
E, do teu ventre, nasceriam deuses...

Raul de Leoni, poeta pagão. Esta, sim, é a definição que lhe cabe. E esse paganismo é a fonte de sua modernidade. Num mundo como o nosso, corroído pelas éticas que negam a felicidade, a poesia que restaura a glória de amar — amar belamente, amar guiado pela beleza — torna a Terra a residência da alegria. E esta era a poesia de Raul de Leoni.

O leitor brasileiro dos nossos dias, principalmente os jovens, não têm sequer notícia da poesia de Raul de Leoni. Esta reedição de *Luz mediterrânea* oferece sobretudo à juventude uma visão do mundo que a História não lhes pode dar. Sendo a apologia dos sentidos, *Luz mediterrânea* é a poética da glorificação da vida.

***

Protegido por Nilo Peçanha, que o fez deputado estadual pelo Rio de Janeiro e lhe abriu as portas da diplomacia, Raul de Leoni não se interessou pelas duas carreiras. Preferiu viver isolado em Itaipava — espécie de exílio que ele só suspendeu para a visitação dos deuses gregos e a presença permanente de Florença. Considerava-se irmão de Epicuro e de Renan, mas creio que a aproximação maior era com o materialista grego. Poeta do pensamento que se volatiliza, o seu verso tinha a palpitação das asas feridas. E nele se oculta a um subterrâneo panteísmo: seres e coisas, estas, "seres incompletos", teciam a malha do Universo composto de realidades itinerantes:

E a vida passa... efêmera e vazia:
Um adiamento eterno que se espera,
Numa eterna esperança que se adia...

Na sua poemática paira a sombra de uma saudade que é quase uma forma de esperança:

No meu grande otimismo de inocente,
Eu nunca soube porque foi... um dia,
Ela me olhou indiferentemente,
Perguntei-lhe porque era... Não sabia...

Desde então, transformou-se, de repente,
A nossa intimidade correntia
Em saudações de simples cortesia
E a vida foi andando para a frente...

Nunca mais nos falamos... vai distante...
Mas quando a vejo, há sempre um vago instante
Em que seu mudo olhar no meu repousa,

E eu sinto, sem no entanto compreendê-la,
Que ela tenta dizer-me qualquer coisa,
Mas que é tarde demais para dizê-la...

Não foi só a formação clássica que levou Raul de Leoni a não participar da "patacoada paulista", como à Semana de 22 chamava com justa ironia Dante Milano. Contra o que se apregoa, aquele não foi um movimento de renovação literária, mas um convescote, financiado pela plutocracia do café e apoiado politicamente pelo que havia de mais reacionário no Brasil daquele tempo — o PR, jornal oficial desse partido, foi o jornal oficial dos modernistas.

A "insurreição literária" dos dois Andrades — Mário e Oswald — foi antes de tudo um movimento contra Coelho Neto. Tanto assim, que tudo que tenha sido validamente escrito naquele tempo sobre o Brasil — *Os sertões*, de Euclides da Cunha, a radiografia da sociedade do Segundo Reinado feita pela ficção de Machado de Assis, a obra de Hugo de Carvalho Ramos, de Lima Barreto e de Monteiro Lobato — foi solenemente ignorado pelos alegres rapazes de 22. Muitos anos depois, o papa do modernismo, Oswald de Andrade confessou: "Sou um palhaço da burguesia". E acrescentou que para ele o oposto do burguês não era o operário, mas o boêmio. Esta confissão é o seu melhor retrato intelectual.

Lima Barreto, no Rio, e Afonso Schmidt, em São Paulo, foram os únicos autores que trataram do povo como tema literário — por isso mesmo ficaram fora do pagode modernista. Quando se pensa que Marinetti, o caixeiro viajante de Mussolini, foi o reitor da Semana, não se precisa dizer mais nada sobre essa jornada de otários.

Tendo preservado a sua dignidade literária, passando ao largo da mistificação de 22, Raul de Leoni realizou uma obra integrada na literatura viva e não na história literária, cemitério de tantos autores insignificantes.

Raul de Leoni, poeta renovador*

Fernando Py

A poesia de Raul de Leoni se compõe, basicamente, dos poemas que se etampam em *Luz mediterrânea*, cuja primeira edição é de 1922, ano fundamental para a moderna poesia do Brasil. Todavia, o poeta não pode ser classificado como modernista, muito embora tenha trazido para a nossa poesia uma contribuição singularmente renovadora. Aliás, convém desde já melhor situá-lo para que possamos compreender em que consistiu essa renovação.

O poeta apareceu numa época de confluências, que se prolongava desde o primeiro decênio desde século. Em 1922, além do Modernismo incipiente, vicejavam entre nós correntes literárias outras: o Parnasianismo, que resistia bravamente à extinção e, no caso brasileiro, deu um subproduto a que chamamos Neoparnasianismo,[1] cujos expoentes mais conhecidos foram Goulart de Andrade, Amadeu Amaral e Martins Fontes; e o Simbolismo, que apresentava a sua segunda geração, com nomes expressivos como os de Da Costa e Silva e Gilka Machado. E havia também sub-correntes dessas escolas, caracterizando em geral poetas menores. Todos esses estilos de época existiam simultaneamente e não era raro um poeta monstrar características de uma ou outra corrente literária, sendo às vezes difícil, senão impossível, enquadrar neste ou naquela um poeta muito pessoal — o caso de Augusto dos

* Prefácio a *Luz mediterrânea*. 13ª ed. Petropolis, Ed. Pirilampo, 1987. Revisto.

1 Cf. CARPEAUX, Otto Maria. *Pequena bibliografia crítica da literatura brasileira*. Rio, Letras e Artes, 3ª ed. revista e aumentada, 1964, p. 235.

Anjos, p. ex. Veremos a seguir como é semelhante o caso de Raul de Leoni.

De um modo geral, a crítica e a historiografia literárias tendem a encarecer os aspectos neoparnasianos do poeta. Não há dúvida que o autor de "Ode a um Poeta Morto" ou do "Pórtico" pode, sem esforço, ser admitido entre os neoparnasianos, ainda mais que, mantidas as devidas proporções de quantidade e conteúdo das obras respectivas, Raul de Leoni exibe algum parentesco lírico com a poesia solar do autor de *Verão*, Martins Fontes, e com o estro tumultuoso de Hermes Fontes. O aspecto formal de seus versos é cuidado, mas sem rigidez, e sua visão é a de um esteta. O gosto pela beleza e a perfeição das formas o leva, por outro lado, a uma poesia de cunho helenizante que o aproxima dos mestres Olavo Bilac e Alberto de Oliveira. Mas é justamente nessa "helenização" que sua poesia deixa claras as principais divergências quanto ao parnasianismo ortodoxo e bilaqueano.

Para começar, sua métrica nunca é imutável, os versos apresentam feitura plástica e musicalidade muito afins do próprio Simbolismo (que aliás chegou a impregnar o Raimundo Correia do "Plenilúnio"). Segundo, o esteticismo de Leoni se assenta na busca da expressão nítida, exata e enxuta, e as imagens sobressaem pela clareza de enunciado, pelo poder de visualização. Há um lado tipicamente simbolista no poeta, visível não só no hábito de escrever certas palavras-chave com inicial maiúscula, e que em princípio denotam abstrações (não raro intitulando alguns poemas), como na animização dessas mesmas abstrações, encaradas pela inteligência como entidades autônomas, com vida e sentimentos próprios, numa espécie de platonização das idéias. Os exemplos enxameiam; cito apenas os poemas que me parecem mais característicos: "A hora cinzenta", "Unidade", "Adolescência" e "Imaginação". Sua poesia é essencialmente filosófica, mas essas filosofia não está a serviço de uma causa nem se presta, como em Cruz e Sousa, a dar vazão a um forte sentimento de amargura. Em Raul de Leoni, a postura filosófica antecede a literária: é serena, e as idéias que exprime se bastam a si mesmas. Um pouco mais, e o poeta estaria sendo acusado de "absenteísta".

Mas não é disso que se trata. Pois em Leoni, se a poesia pode e deve ser considerada como um fim em si mesma, percebe-se também que houve uma nítida evolução no modo de encará-la. Mas essas evolução não se deu, necessariamente, no terreno formal, sendo sensível no campo das idéias. Da exaltação do pensamento como veículo que o levaria a "penetrar a essência das coisas",[2] passou a cultuar o instinto que destacou em vários poemas, notadamente no soneto que leva esse título; e esse instinto, por assim dizer glorificado pelo poeta, levou-o finalmente a manter a fé nas idéias que nascem do fundo da consciência. Daí, portanto, o não ter poetado sobre acontecimentos, meras contigências pessoais e/ou coletivas, que nunca lhe souberam à inspiração.

Porém Raul de Leoni, se foi neoparnasiano de fortes acentos simbolistas, não fugiu igualmente à influência de sua própria geração. Há em sua poesia aspectos rítmicos e formais bastante modernos e ousados para o seu tempo, em certa medida também cultivados por neo-simbolistas de valor. Em grande número de poemas os versos são polimétricos e o poeta tira efeitos surpreendentemente plásticos e musicais de versos compostos exclusivamente de adjetivos, como em "Maquiavélico", "Mefisto" e outros. Chega às vezes a sonetos não isométricos, de rimas escassas ou ausentes, e o seu polimetrismo está a um passo do verso-livre: em "Árvore de Natal", p. ex., o verso "Como um pinheiro contemplativo" precisa, para ser lido como decassílabo, de um hiato em "Como um"; e, sendo assim, é um decassílabo ibérico (com cesura na 5ª sílaba), tipo de verso que muito depois o modernista Carlos Drummond de Andrade aproveitou magistralmente no soneto "A oficina irritada" (em *Claro enigma*, 1951).

É verdade que, a par dessas atitudes renovadoras do metro, do verso e do conteúdo dos poemas, Raul de Leoni apresenta processos tipicamente parnasianos, quais sejam a

---

2 BANDEIRA, Manuel. Raul de Leoni. In: *Crônicas da província do Brasil.* Rio, Civilização Brasileira, 1937, p. 152.

sinérese e a sinalefa obrigatórias em alguns casos; o exemplo mais marcante me parece o do soneto "Legenda dos dias", verso sexto: "E ao Poente, o Homem, com a sombra recolhida" — decassílabo, que, se preferirmos o hiato em "Poente" e "O Homem", e a sinalefa em "com a", se transformaria num verso de doze sílabas com censura na quinta, destoando inteiramente da medida dos outros versos, todos de dez sílabas.

Existe em Raul de Leoni um curioso procedimento técnico-estilístico a aproximá-lo, e não por acaso, da poesia de Augusto dos Anjos. Em algumas ocasiões, um decassílabo leoniano é construído com um adjetivo preposto ou posposto, e findando com a relação transitiva — nos moldes, p. ex., de *O apetite necrófago da mosca!*[3] do poeta paraibano. Assim temos: "Na orquestração nostálgica dos ventos" ("Ode a um poeta morto"), "Na nobre geometria do seu crânio" ("Pórtico"), "No mais suave crepúsculo das coisas..." ("Pórtico"), "Com a perfídia elegante de um sofista" ("Maquiávelico"), "A ironia longínqua das estrelas" ("Noturno"), "Na balada sonâmbula dos sinos!..." ("Torre morta do ocaso"), além de outros. Não se trata propriamente de uma influência do poeta do *Eu,* e sim de um procedimento corriqueiro dos parnasianos, principalmente daqueles que se preocupavam com o soneto de chave de ouro — pois mesmo Leoni não se furtou à chave de ouro, embora o acabamento formal de todos os poemas assim o exigisse, ou melhor, tornasse perfeitamente natural esse processo.

Dissemos no começo que a base da poesia de Raul de Leoni está contida nos textos de *Luz mediterrânea.* Porém, esta edição, comemorativa do centenário do falecimento do poeta, acrescenta mais outros textos ao acervo anterior já publicado em livro,[4] buscando dar uma visão mais ampla da

---

[3] ANJOS, Augusto dos. *Eu.* Rio de Janeiro, 1912, p. 27, e eds. segs. ("As cismas do destino", verso final da décima quadra da parte II).

[4] Os poemas acrescidos ao volume são oito, como está dito na nota que precede a seção final do livro, "Poemas dispersos". A seção engloba igualmente os "Poemas inacabados" que acompanham as edições póstumas de *Luz mediterrânea.* O texto dos poemas inéditos em livro procede da publicação *Autores e Livros,* suplemento literá-

atividade poética do bardo petropolitano. Dentre os poemas agora reunidos ao texto de *Luz medoterrânea*, avulta o soneto que é talvez a sua peça mais conhecida, principalmente pelos versos finais:

Se um dia eu fosse teu e fosses minha,
O nosso amor conceberia um mundo
E do teu ventre nasceriam deuses...

Voltando-se para a instintividade primordial, para essa argila de que todos somos feitos, o poeta alcançou o máximo em sua expressão e nos legou uma obra pequena, mas significativa e singular, que certamente ainda há de ser muito lida e estudada enquanto houver interesse pela grande e genuína poesia do nosso tempo.[5]

---

rio de *A Manhã*, dirigido por Múcio Leão, no número 15, de 23 de novembro de 1941, edição especialmente dedicada a Raul de Leoni. Na impossibilidade de cotejo com manuscrito do autor, se os há, fizeram-se apenas as correções necessárias devidas a erros nítidos de revisão, e para atender à atualização ortográfica; neste últimio caso, desde que não ferissem a métrica ou a rima consoante. Contudo, em um passo, respeitamos a ortografia do poeta que, mesmo atual, não faz rima consoante: quietos/aspectos (no poema "Maio. Sol de Saint-Loup"), onde é possível haver uma variante prosódica: "aspeto", que talvez assim a pronunciasse o poeta... [Nota de 1992]

[5] Por ocasião do centenário de nascimento do poeta, a Academia Petropolitana de Poesia Raul de Leoni publicou uma edição comemorativa de *Luz mediterrânea* (Rio, Companhia Brasileira de Artes Gráficas, 1995). Ao material incluído na edição Pirilampo, acrescentou-se um poema inédito em livro e um texto em prosa, "O crescente e a cruz". A edição é enriquecida com ilustrações e documentos variados relativos à vida do poeta. [Nota de 1995]

Bibliografia

DE RAUL DE LEONI

Ode a um poeta morto. Rio, Jacinto Ribeiro dos Santos, 1919.
Luz mediterrânea. Rio, Jacinto Ribeiro dos Santos, 1922.

SOBRE RAUL DE LEONI

GRIECO, Agripino. *Catadores de símbolos.* Rio, Jacintho Leite Ribeiro, 1923.

ALBUQUERQUE, Medeiros e. "Raul de Leoni e sua *Luz mediterrânea*". In: *Jornal do Comércio,* Rio, 22.7.1928.

ATHAYDE, Tristão de. *Estudos.* 3ª série. Rio, Revista *A Ordem,* 1930.

CARVALHO, Ronald de. *Pequena história da literatura brasileira.* 6ª ed. Rio, Briguiet, 1937,

LEÃO, Múcio, org. Autores e Livros nº 15. *A Manhã.* Rio, 23.11.1941.

SILVEIRA, Tasso da. "A poesia de Raul de Leoni". In: Revista *Vozes de Petrópolis.* Agosto, 1942.

JORGE, J. G. de Araújo. "Raul de Leoni". In: *Biblioteca da Academia Carioca de Letras,* nº 18. Rio, 1948.

BANDEIRA, Manuel. *De poetas e de poesia.* Rio, MEC, 1953.

NOVAIS, Germano de. *Raul de Leoni.* Fisionomia do poeta. Porto Alegre, Pia Sociedade das Filhas de São Paulo, 1956.

BOSI, Alfredo. *O pré-modernismo.* Rio, Civilização Brasileira, 1959. (*Panorama da poesia brasileira,* v. 5.)

CRUZ, Luiz Santa, org. *Raul de Leoni — Trechos escolhidos.* Rio, Agir, 1961. (Coleção "Nossos Clássicos", v. 58)

CANDIDO, Antônio & CASTELLO, José Aderaldo. *Presença da literatura brasileira.* São Paulo, DIFEL, 1964.

HOUAISS, Antônio. "Trigésimo oitavo aniversário da morte de Raul de Leoni". In: *Correio da Manhã.* Rio, 21.11.1964.

MURICY, Andrade. *Panorama do movimento simbolista brasileiro.* Rio, INL, 1973.

BENEVIDES, Walter. *Sobre Raul de Leoni.* No cinqüentenário da *Luz mediterrânea.* Rio, São José, 1973. Incluído (com o título de "Raul de Leoni ou A recuperação da paganismo") in: *Compositores surdos e outros estudos.* Rio, Cátedra/ INL, 1985.

MOISÉS, Carlos Felipe. Raul de Leoni. In: *Poesia e realidade.* São Paulo, Cultrix, 1977.

GUINSBURG, J., org. *O romantismo.* São Paulo, Perspectiva, 1978.

PERRONE-MOISÉS, Leila. "Um poeta de retaguarda". In: *Folha de São Paulo,* 29.10.1995.

AZEVEDO, Sânzio de. "Relendo Raul de Leoni": *Revista da Academia Cearense de Letras,* 1998.

markgraph

Rua Aguiar Moreira, 386 - Bonsucesso
Tel.: (21) 868.5802 Fax.: (21) 270.9656
Rio de Janeiro - RJ